섬

섬

멀어서, 그리운 것들 오롯하여라

글 박미경 사진 이한구 외

봄날의책

작가의 말
멀어서, 그리운 것들 오롯하여라

만재, 신지, 마라, 국화, 선미, 연화, 자란, 풍, 황, 탄, 청…… 사람 이름인가 싶으면 꽃 이름 같고, 꽃 이름인가 싶으면 색 이름 같고, 그러다 그만 아연해지는 이 숱한 이름들은 모두 우리나라 섬의 이름들이다. 우리나라에는 3천여 개가 넘는 섬이 있으니 일일이 그 이름들을 줄 세우기 어렵다. "푸른 비단 보자기 위에 공깃돌을 뿌린 것 같다"는 옛사람의 표현이 그저 어울린다. 선희, 진수, 은주, 민호…… 우리 곁을 스치고 간 그 숱한 이름들처럼, 이 많은 우리나라 섬들 중에 당신이 발길로 인연을 낸 섬은 몇인지.

걸어서 윤곽을 더듬다

배가 나드는 시간을 제외하곤, 섬은 내내 고요하다. 몇 명의 승선객이 오르고 내린 선착장의 아침과 오후가, 오늘 하루 일어날 수런함의 다였다는 듯.

해안선이 바다를 두른 것처럼, 섬 안의 길들은 숲을 에두르고 있다. 도시내기에게는 산책로처럼도 여겨져 걷는 일이 선선하다. 숲속의 대기와 숲 밖의 대기가 서로 부딪쳐서 내는 휘파람 소리 같은 노루 울음소리, 꿩꿩 하고 우는 꿩, 그리고 제 이름을 부르며 울지 않아 이름을 알 수 없는 새들의 소리가, 들리는 전부다. 길에서 풀숲으로, 그렇게 스르륵 사라지지 않았으면 눈치 채지 못했을 황금색 뱀은 큰괴불주머니나 노랑민들레의 흔들림보다 잔영이 오래다.

돌담이 둘러쳐진 동네 길에서도, 어린 찔레 순들이 바짓가랑이를 잡았다 풀기를 반복한다. 걸을수록, 지도 위를 걷는 것처럼 섬의 윤곽이 선명해진다. 오래지 않아, 가장자리에 닿는다. 발아래 깎아지른 벼랑을 내려다보면, 기암절벽 풍경에 어질머리가 인다.

섬 밖의 사람들이 이름을 불러주기 전까지, 섬 안에서의 섬들은 그저 '큰섬이' '작은섬이' 혹은 콩만 하다 해서 '콩섬', 그보다 작으면 '팥섬'이었다. 섬들을 둠벙둠벙 건너, 수평선 가까이 더 먼바다를 바라기 한다. 시선의 무한함만큼이나, 시간은 한만하게 흐른다.

없는 것과 있는 것이 지천

섬에는 없는 것은 터무니없이 없고, 있는 것은 무진장이다. 자동차가 없는 섬도 많다. 섬이 작아 굳이 차나 다른 이동수단이 필요치 않기도 했지만, 해안에서 섬의 정상까지가 가파른 지형이어서 동네 길이든 논밭 샛길이든 '도로'라고 할 것이 없다. 어떤 섬은, 대도시에서는 공기처럼 자연스러운 전기나 수돗

물이 귀하디귀하다. 지하수 물이 짜서 인근 도시로부터 물을 배급받아 사용하니, 사방 천지 눈에 드는 것이 물이어도 물을 귀히 써야 한다. 이렇게 문명과 관련된 것들은 드물지만, 도시에서 쉬이 접할 수 없는 것들은 헤아릴 수 없다. 수평선 너머에서부터 거침없이 해수면을 내달리며 짠기를 조리질해온 바람이 섬 어디에서건 사람들의 폐부를 부풀린다. 맑고 쾌한 바람이다. 밤이면 한없이 짙어지는 밤하늘에는 별들이 손에 잡힐 듯 가깝고도 선명하다. 어디선가 개라도 컹 짖으면, 먹묵색 바닷속으로 그 많은 별들이 툼벙툼벙 떨어져 내릴 것도 같다. 한밤에도 도시처럼 불빛이 없으니 그만큼 달빛과 별빛이 두드러지고, 언제나 이명처럼 들려오기 마련인 동력기계들의 소음이 없어서 고요 속에 파도와 바람, 새 울음소리가 더 많이 자리한다. 그 고요의 틈새로 찔레며 해국이며, 야생화들의 향기가 짙게 흐른다. 섬에서 밤을 지새우지 않은 사람은 그 섬의 본디 모습을 안다 말할 수 없다.

자연과 사람살이의 원형들

조각보처럼 기운 슬레이트 지붕을 얹고 가파른 언덕에 낮게 포복한 어촌 가옥들. 바다로부터 불어오는 맞바람을 피하자니 거개의 대문이 담장 중앙에 바로 나지 않고, 한 팔로 감싸안은 것처럼 담장 끄트머리에 자리해 있다. 지붕들은 돌담과 닿을 듯이 수굿하고, 그 틈새로 창문들이 빼꼼하다. 해풍을 견디기 위해 사람과 집이 어떻게 협동하고 있는지를 알 수 있다. 나들기가 어려운 섬일수록, 오래전 삶의 원형들이 그대로 남아 이어지는 것이다.

천장이 낮으므로 누워야만 편안한 거리감이 생기는 방에서, 눈꼽재기창을 열고 자는 잠은 깊고도 아늑하다. 새벽잠을 털어내고 방을 나서면, 동트기 전 여명에 이미 천지가 희붐하게 밝다. 바다에서는 아직 남아 있는 잠기운 같은 해무를, 바람이 걷어낸다.

동트는 속도에 맞추어 하나둘씩 주변 섬들이 해수면에서 떠오르기 시작한다. 어둠 속에서 섬들이 확고한 풍경으로 살아나는 모습은 단순히 '아침이 밝아온다'라는 표현만으로는 부족하다. 구름에 가려져 상현도 되었다, 하현도 되었다 하며 좀체 제온 형상을 드러내지 않다가, 이윽고 수평선 위로 온전히 둥근 해가 떠오른다. 거칠 것 없이 마주하는 섬의 일출은 장하기 그지없다.

바다로 난 길과 밭

섬은 바닷속에도 길을 숨기고 있다. 해변에 물이 빠지면 갯벌 위에 외줄기 길이 드러난다. 오랜 세월 어부들에 의해 다져진 길이니, 바다에 난 농로다.

물이 빠져나간 갯벌에는 물의 결이 새겨져 있다. 햇빛에 빛나는 뻘 바닥은 그렇게 잔물결이 일렁이던 바다의 모습을 간직하고 있다.

개흙이 드러난 갯벌 위로, 안강망 그물을 향해서 경운기가 달린다. 먼바다에 쳐둔 안강망 인근까지 물이 빠진 것이다. 갯벌 길의 소실점 어딘가에 단단히 박힌 안강망의 말뚝은, 섬사람들의 삶을 들어 올리는 지렛대다. 가까운 갯벌에서는 백합과 모시조개 등 조개 등속이, 멀리 둘러친 그물에서는 농어, 가자미, 숭어, 놀래미, 전어 등이 잡힌다. 조개를 줍듯, 어부들은 물고기를 '주우러 간다'고 말한다.

다시금 경운기 소리가 들려오기 전까지, 갯벌은 온전히 새들의 차지다. 저어새와 도요새를 포함해 서식하는 새의 종류가 헤아릴 수 없다. 개흙 표면에 촘촘하게 무늬를 이룬 숱한 구멍들이 모두 조개와 게, 우렁이와 낙지 등 수많은 갯것들의 집이니, 갯벌에 물이 빠지는 시간은 어부와 새떼가 함께 바쁘다.

그리고 그 섬에 사람이 산다

섬에서 돌과 꽃, 서로 물성이 다른 것들이 한동아리로 어울린 꽃바위도 보았고, 켜켜이 쌓여 용왕의 서고처럼 웅장한 절리도 보았다. 등 너머로 황홀한 붉은 노을을 둘렀다가 벗는 저물녘의 섬도 보았고, 하늘과 바다가 시샘하듯 하나하나 별빛과 어선의 불빛을 나누어 켜는 겨운 풍경도 보았다.

그러나 돌아 나온 섬마다 두고 온 것, 잊히지 않는 것은 '사람' 이었다.

모래사장에 난 어린 동생의 발자국에 손을 넣어보며 울던 유년 시절의 이야기를 들려준 문갑도의 김 할아버지. 이제 나이 들어 더 이상 '섧지 않다'는데도, 문갑도를 떠올리면 언제든 그 모래 위 발자국과 소년의 모아 쥔 손이 섧게 떠오른다.

해안선을 따라 전체를 다 돌아도 35킬로미터밖에 안 되는 섬을 25년 동안 자전거로 오토바이로, 종으로 횡으로 오고가며 사람과 사람 사이 '사잇길'을 이어온 연도의 집배원 강중환 씨. "청산도 지도 위에 그동안 다닌 거리 구간을 빗금으로 그으면, 쇠지도라도 구멍이 뚫릴 것"이라던 청산도 최초의 택시기사 정만진 씨. 두 섬의 이름을 들으면, 그 길이를 가늠할 수 없는 길 위를 달리고 있는 두 사람이 먼저 떠오른다.

이 땅의 오지 또는 변방의 변방이라 할 수 있는 후미진 섬에서 누구도 주목하지 않는 삶이지만, 사람들은 '저마다의 생'이라는 거대함을 제가 지닌 한 몸과 정신의 힘으로 살아냈거나 살아내는 중이었다.

'나나마나 한 걸 낳았다'고 이름이 '난화'가 된 형도의 할머니는 또 어떤가. 평안도에서 나서 '피난민의 섬'이라고 불리는 형도로 피난왔지만, 열한 살에 '갯일' 하는 집에 민며느리로 보내졌던 이북의 고향에서나 이남의 형도에서나 팔십 평생 '갯바닥 인생'을 피하진 못하였다. 그래도 숱한 세월 갖은 신산한 사연 끝에도 저물녘 하늘을 바라보며 노을이 곱다고 말하던 할머니의 평안도 사투리를 잊을 수 없다. "누부리 곱과."

할머니의 삶의 종결 문구가 감탄사였듯, 그분들의 삶에 대한 내 마음속 문장도 늘 감탄사였다.

또한 그들의 '개인사' 속에는 지형학적으로 문화적 역사적으로 섬의 사연과 내력이 함께 담겨 있게 마련이었다. 그들의 삶이 기록되어 있지 않듯이, 그들이 온몸으로 살아내는 동안 몸으로 기억하고 있는 섬의 생생하고 끈끈한 사연과 내력들도 그 기록이 드물다.

'봄날의책'에서 아마도 이 점에 이끌렸다 여긴다. 자유기고가로 여러 매체에 원고를 기고하던 시절, 10년여의 세월을 두고 드문드문 섬을 다니며 쓴 취재글이라 이미 쓸모를 다한 글이라고 생각하였다. 아마도 효자도의 유일한 어린이 정원이는 청년이 되었을 것이고, 더러 이미 이 세상에 없는 분들도 계실 것이다. 그런데도 "섬에 관한 여행서는 많아도 섬에 살고 있는 사람들을 중심으로 섬 이야기를 풀어낸 책이 없다"라며 기록문학적인 측면에서 민초들의 작은 이야기들이 책으로 묶여 전해져야 한다고 용기를 주었다.

'네 안에 글이 있다'라며 글쓰기를 독려해준 문화평론가 박명욱 형과 오랜 지기 이원 시인, 이 책의 세월 안에서 동료였다가 친구였다가 지금은 부부로 함께 살아가는 사진가 이한구에게 감사한다. 순전히 이 책을 위해 추가 취재를 떠났던 우도, 굴업도, 소무의도의 동행취재와 사진들은 오직 남편으로서의 마음씀이 아니었으면 불가능했을 것이다. 오래전 필름들을 헤집는 수고를 마다 않고 쾌히 사진 수록을 허락해준 김영준, 안홍범, 이진우, 세 사진가에게도 인사를 드린다.

이 책을 통해서, 내 기억 속에서만 여전히 그 섬을 사는 중인 사람들이 여러 사람의 기억 속에서도 함께 살아가기를 바라본다. 효자도에서는 정원이가 뒷짐 지고 마실을 가고, 풍도에서는 '미쓰 고네 야외다방'이 성업 중이기를. 그리고 만재도에서는 선착장에 선 섬주민이 배멀미를 심하게 한 나 같은 사람을 위해 위로의 목청을 돋우는 것이다. "오늘은 바다가 장판이요 장판." 하고 말이다.

2016년 가을 통의동에서, 박미경

차례

문갑도

'문갑 아가씨'와 김 할아버지의 사랑 이야기
김현기, 김춘순 씨 부부

"섬에 아가씨 없어요. 없어."

문갑도로 향하는 배 안에 승객이라고는 달랑 할머니 한 분.
가장자리에 앉으면 배가 어느 한쪽으로 기울기라도 할 것처럼
선실 한가운데에 앉아 있다. 배가 흔들릴 때마다 뒤로 주춤주춤
물러나려는 보퉁이를 바짝 끌어다 당기면서, 행여 풀릴세라 단
단히 동여맨 그 보퉁이처럼 몸을 모둔 채로다. 말을 붙일 요량
으로, 섬을 오가면서 통 아가씨들을 본 적이 없노라 하였더니,
대뜸 나오는 말이 그와 같다. 그러고는, 문갑도 드는 사연을 물
으시기에 이러이러하여, 김현기 어르신을 뵈러가는 길이라 하
니 "그 영감이 내 영감"이라 하신다. 귀앓이병을 고치러 여러 날
째 인천에 나가 있다던 할머니와 마침 같은 배를 탄 것이다. 풍
랑주의보에 묶여 있다 오랜만에 배의 나듦이 가능해진 터이니,
꼭 우연이랄 수만도 없겠다.

23

"돼지가 새끼를 낳았는디, 잘 크나 모르겠네요. 한 마리는 죽고 아홉 마리가 남았다는디."

할아버지랑 오랜만에 만나시니 반가우시겠어요 했더니, 할머니, 집에서 기른다는 '꺼먹돼지' 얘기만 하신다.

손수레에 쓰인 '문갑 아가씨' 사연

여러 날 만에 귀가인지라 선착장에서 집까지 몇백 미터 남짓 거리를 가는 데 30분이 족히 걸린다. 낚시 가는 동네 할아버지, 굴 따러가는 할머니들 해서 길에서 만난 사람들과 인사가 긴 때문이다. 심지어 담장 안에서 빨래를 널던 이까지 목소리를 듣고 골목으로 나오고, 초소 전경은 아예 손수레를 끌어다 할머니 짐을 싣더니 집까지 동행을 한다. 그런데 수레 한 켠에 커다랗게 '문갑 아가씨 굴 수레'라고 쓰여 있다. 손사래를 칠 정도로 없는 게 아가씨인데 뜬금없이 '문갑 아가씨'라니. 사연인즉슨, 할머니들이 딴 굴 운반 수레에 '문갑 할머니 수레'라고 쓰려니 왠지 멋이 안 나서, 문갑 아가씨라 썼다 한다. 그러면서, "그러고 보이께 우리 섬에 아가씨들이 많네." 하며 웃는다. 결국 굴 바구니를 든 아가씨들 셋을 더 만나 귀앓이 수술 결과를 다시금 들려준 후에야 집에 당도했다.

"둘 다 농사일을 하니께, 집 돌볼 시간이 없어요." 하시며 할아버지 계신 방으로 안내를 하고는, 할머니는 돼지우리부터 향한다. 요즘은 보기 드물다는 흑돼지가 새끼들에게 젖을 물리고 있는 품이 꼭 다복을 기원하는 '이발소표' 그림 그대로다.

섬의 형태가 문갑文匣과 비슷하다 하여 얻은 이름대로, 총 해안선의 길이가
11km이니, 주변의 섬들에 비하면 크기 역시 문갑만 한 작은 섬이다.
한때는 120여 호가 살 정도로 번성하던 시절도 있었다지만 지금은 30여 호,
마을 주민이래야 70명 안팎, 한때는 배도 격일제로 운행이 되었다.

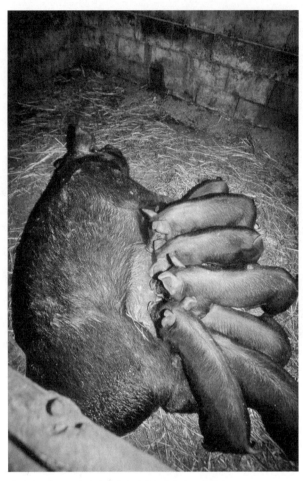

할아버지랑 오랜만에 만나시니 반가우시겠어요 했더니,
할머니, 집에서 기른다는 '꺼먹돼지' 얘기만 하신다.
"돼지가 새끼를 낳았는디, 잘 크나 모르겠네요. 한 마리는 죽고
아홉 마리가 남았다는디."

"우리는 물일을 안 하고 농사를 지으니까, 농사지으면 찌끼가 나오거든. 그걸로 도야지를 길러요. 도야지 한 마리 키워서 땅 사고, 또 새끼 내서 애들 가르치고…… 저거 때문에 영감 할멈이 어디를 한번에 같이 나가본 적이 없어요. 집에 산목숨들이 있으니께."

할머니랑은 열린 여닫이문 새로 옷자락만 슬쩍 본 걸로 인사가 다니던 할아버지도 돼지 이야기 앞에서는 과묵함을 잃는다. 귀에 염증이 생긴 것을 치료치 않으면 뇌까지 상하게 된다 하여 할머니가 인천 병원에 입원해 수술을 한 동안에도 섬 밖을, 아니 집 밖을 나서지 못한 할아버지다. 돼지뿐만 아니라 다섯 마리 고양이에 세 마리 닭도, 부부 중 한 명은 반드시 집에 남아 거두어야 할 '산목숨'들이다.

섧고 외로웠던 '홀로 산' 시절들

"지금이야 집도 있고, 도야지도 있고, 자식들 다섯 다 길러냈으니 더 바랄 것이 없지만 내가 어려서는 참 고생을 많이 했어요."

방자리가 검게 탄 아랫목을 손님에게 내어주고는, 윗목에 앉아 꼭 웃풍 센 윗목 같은 옛이야기를 풀어내는 김현기 할아버지. 나이 아홉 살 되던 해에 부친을 잃고 홀어머니와 위로 두 살 터울 형, 세 살배기 여동생과 세상에 남겨졌다. 뱃일하던 가장을 잃었으니, 네 식구 부칠 땅 한 평이 없었다. 결국 입을 덜 요량으로 어머니가 그를 문갑에서 멀지 않은 섬의 절에 맡겼다.

달랑 암자 한 채에 스님 한 분이 계신 무인도였다. 얼마나 외롭고 가족들 곁에 돌아가고 싶었던지, 매일매일 부처님께 스님 돌아가시기를 기도했을 정도였다.

"하루는 어머니가 여동생을 데리고 들어오셨다 나가셨는데, 모래사장에 손바닥만 한 작은 발자국이 찍혀 있는 거예요. 큰 발자국들이야 누구 것인지 몰라도 그렇게 작은 것은 동생밖에 없거든. 거기에 손을 대보며 울었어요."

결국 얼추 소년티를 벗은 열다섯이 되어서야, 굴 따러 들어온 배를 얻어 타고 그 섬을 빠져나왔다. 하지만 문갑도에서 다시 만난 식구들의 삶이라는 게 여전히 빈한하기 그지없어서, 반가움보다 걱정이 더 컸다. 해서 열다섯에 학교에 들어가 1주일에 학년을 두셋씩 건너뛰면서 1년 만에 초등학교 공부를 마치고는, 그 길로 독립을 했다. 먹고 자는 것만 해결하는 조건으로 남의 집 품을 팔고, 배에서 밥을 짓는 '화장'* 일도 했다.

"빈별한매**를 못 보고 컸으니, 남한테 욕들을까봐 술도 안 하고, 화투장도 안 만지고, 담배도 안 물고, 처녀 손도 안 잡고…… 바르게 바르게 일만 하며 살았어요."

나이 서른 넘어 지금의 아내 김춘순 할머니를 만나기까지의 삶이 꼭 그러하였다. 그 뒤로는 고생이랄 것도 없고, 그냥 산 이

---

* 주방장.
** 그 말의 유래나 한자인지, 방언인지도 알 길이 없으나, 김 할아버지의 말씀으로는 '부모의 보살핌'을 뜻한다고 한다.

외출에서 돌아오는 할머니의 짐을 수레에 싣고 옮기는 문갑도 경찰 초소
정기훈 전경. 막내아들을 군대에 보낸 터라 그를 보는 마음이 남다른 부부는,
더운밥을 지으면 꼭 불러서 함께 먹는다.

야기니 이야기할 것도 없다 하신다.

세상에 허물없기는 부부밖에 없다

섬사람이라고 시집을 안 보내려는 것을 '섬에서 살면 생전 사느냐'며 설득해 어렵사리 한 인천 처녀와의 결혼이었다. 물론 약속과 달리, 지금까지 사십 해 가까이를 내내 섬에서만 살고 있다. 처음 시집와서는 '섬살이'가 힘겨워 울기도 많이 울었다던 할머니도, 문갑도가 '내 집'인 줄 알고 산 지 오래다. 둘 다 물일 경험이 없는 터라 같이 가축 기르고 콩이며 고구마며 밭농사에, 또 섬에서는 유일하게 논농사도 짓고 있다. 마을 입구에 충충논이 김 할아버지네 소유다. 그것들을 가꾼 부부의 노동력이 학비가 되고, 집세가 되어 아들 셋에 딸 둘, 자식들은 모두 인천에서 공부를 하고 거기서 산다. 엊그제 군대 간 막내아들이 눈에 밟히는 것을 빼고는, 모두들 제가끔 알맞게들 잘 살아주어 마음 쓰일 일이 없다.

"자식하고는 허물이 있어도, 부부 간에는 허물이 없지요. 속곳 속까지 다 본 사이니께요. 너무 허물이 없으니, 서로 고맙다, 이쁘다 그런 말도 안 하고 살아요. 그래도, 저 사람이 마음씨가 참 얌전해요. 내가 더 이상 안 섧어진 게 저 사람 만나 산 세월부터니께……"

그동안 할아버지 혼자 김치 등속만 두고 먹던 상에 오랜만에 고기기름이 도는 김치찌개 올려 들고 할머니가 들어온다. 할아버지는 이내 말꼬리를 흐려 속내를 감추더니, 그사이 객이 하도

뜨거워서 옮겨 앉아 빈 채로인 아랫목을 슬몃 두들겨 가리킨다. 할머니보고 거기 앉으라는 소리다. 손수 농사지은 흰쌀밥의 김이 모락모락 오르는 상. 이번엔 할머니가 상 가운데 놓인 찌개 냄비를 넌지시 할아버지 앞으로 밀어준다. 그렇게 '더운 것들'을 서로에게 내밀 뿐, 부부 모두 마치 오늘 아침 같은 잠자리에서 일어난 모양 말이 없다. 사십여 년 가까이 함께한 삶에서 한두 달의 이별은 바늘 한 땀 틈새만큼의 티도 안 나는 모양이다.

할아버지와 할머니가 처음으로 말을 섞는 소리를 들을 수 있었던 것은, 그 집 대문을 나서면서였다. 인사를 마치고 골목을 에도는데, 그제야 할아버지의 목소리가 들린다.

"귀는 그래, 괜찮아?"

걸음이 멀어져 미처 '문갑 아가씨'의 대답 소리는 듣지 못하였으나, "이제 다 고쳤으니, 섬 나갈 일 없다." 하던 그 소리일 것이다.

연도

사람과 사람 사이, '사잇길' 따라 달리다
집배원 강중환 씨

연도리 1615번지. 강중환 씨는 자기가 태어난 곳을 번지수
로 이야기한다. 어쩌다 섬에서 외지 사람을 만나 그가 살고 있
는 지역 명을 들어도 그 지역의 번지수를 먼저 떠올린다. 살아
온 생의 거지반을 집배원으로 보냈고, 정년퇴직을 한 지금도 여
전히 우체국에 몸을 담고 있으니, 번지는 그가 세상을 구획하고
분류하는 데 사용하는 숫자다.

"한창때는 연도 섬 안에 가구수가 350호가 넘었어요. 지금은
반 가까이로 줄었지요. 젊은이들이 소득이 없으니까 다 뭍으로
나가고, 아이들도 엄마아빠 따라서 나가고, 제가 초등학교 다
닐 때는 학생수가 450명이었는데, 지금은 10분의 1도 안 돼요.
그래도 우리 연도는 참 이쁜 섬이에요. 깨끗하고, 조용하고, 사
람들 품성 맑고…… 제가 연도 사람이어서가 아니라, 정말 이쁜
섬이에요."

해안선을 따라 섬 전체를 다 돌아도 35킬로미터. 그가 자전거로 오토바이로,
이 작은 섬을 직선으로 사선으로 얼마나 많이 오고갔는지, 25년 세월을 합치면
가늠할 길이 없다.

그는 이 '이쁜' 섬, 1615번지에서 태어났다. 그 집에서 칠형제의 맏이로 성장했고, 섬 안에서 초등학교를 다녔다. 지금은 연도 안에 초등학교 두 개와 중학교가 있지만, 어린 시절만 해도 교육시설이라곤 초등학교 한 개가 다였다. 당시 여수 시내로 나가려면 '전마선'이라 부르던 노 젓는 배를 타고 나가서, 바다 가운데서 연락선을 갈아타야 했다. 새벽 다섯시에 한번 배가 있었는데, 열 몇 개 섬을 다 경유하면 점심 나절에나 여수에 도착했으니 섬에서의 등하교는 아예 불가능했다. 그렇다고 공부를 위해 뭍에 적을 마련하기에는 소농들의 사는 형편이 또 그러했다. 몇몇 '있는 집' 아이들만 섬 밖으로 나가 진학을 했고, 초등학교를 졸업하자마자 배를 타거나 농사일을 거드는 대부분의 또래들처럼, 그도 곧바로 '먹고사는 일'에 매달렸다.

"어쩌다 여수에서 공부하는 친구들이 섬에 들어오면, 얼마나

부럽던지⋯⋯ 배 타고 농사짓는 일이 서러워서, 어린 마음에도 나는 커서 다른 일을 해야지 하고 마음먹었어요. 그런데 어른들이 공무원이 되면 평생 안정적이고, 남도 도울 수 있다는 거예요. 공무원이 뭔지도 모르면서, 그게 돼야겠다 다짐을 했지요."

해서 소를 키우면서도, 비탈 밭에 땅심을 돋우면서도 막연히 책을 봤다. 그런데 다행히 얼마 후 섬에 고등공민학교가 생겼고 그 공부 덕분에 군대 제대 후 면사무소에 사환으로 입사할 수 있었다. 9급 공무원이 된 것이다.

"그렇게 한 10년 넘게 면사무소에서 일을 하는데, 사람마다 제가끔 적성이 있잖아요. 가만히 자리에 앉아서 사무를 보는 것보담은 밖에를 좀 돌아다니면서 일을 하고 싶더라구요. 그러기로는 집배원이 그만이다 싶었지요. 앉아서 사람들을 맞는 게 아니라, 내가 발로 찾아다니는 거잖아요. 또 저희 같은 섬에서는

오후 배에 마을 주민에게 갈 물건들이 들어올라치면, 보내고 기다리는 이의
마음을 생각해 그날로 배달을 간다. 그러니 '업무 외 업무'는 늘 근무시간이
끝난 뒤에까지 이어지기 마련이다.

집배원이 여러 가지 역할을 할 수가 있어요. 말하자면 어릴 때
어른들이 말한 '남을 돕는 거'요."

이미 그때는 스무 살 때 정치망을 타고 친구들과 이웃 섬에 놀
러갔다가 만난 '청산도 아가씨'와 결혼하여 아이를 셋이나 둔 상
태였다. 낮에는 면사무소 일을 보고, 밤에는 아이들 틈에서 공부
를 해가며 결국 80년도에 집배원 시험에 합격했다. 처음엔 타지
역 우체국에 발령을 받았는데, 군대 시절을 제외하고는 한번도
길게 떠나본 적 없는 연도마을, 홀어머니가 살고 계신 1615번지
집을 뜰 수가 없어 연도우체국으로 재발령 신청을 했다.

연도 섬의 '인정 많은 강 박사'
연도 안에는 연도리를 중심으로 북쪽에 역포, 남쪽엔 덕포,
이렇게 세 마을이 있다. 주민들 거개가 연세 고령이요 섬 내를

이동하는 대중 교통수단이 없는지라, 그는 섬의 유일한 집배원
이자 '배달부' 역할을 한다. 그의 오토바이 뒤에 매달린 빨간 우
편상자에는, 역포마을 새댁이 주문한 아이기저귀와 분유, 여수
딸네 다녀온 덕포마을 할머니가 배에서 내려 미처 들고가지 못
한 짐꾸러미 등 마을 주민들의 물건이 우편물보다 더 많이 담
겨 있기 일쑤다. 100원이라도 아끼겠다고 가까운 가게 두고 굳
이 그에게 연도리 내 농협에서 물건을 사다줄 것을 청하는 속을
헤아리는지라, 영수증 하나까지 꼬박 챙기는 게 보통 신경 가는
일이 아니다. 수취인이 깨밭이나 고구마밭에서 일을 하고 있으
면, 편지만 달랑 전하고 돌아서는 일을 그는 못한다. 오후 배에
마을 주민에게 갈 물건들이 들어올라치면, 보내고 기다리는 이
의 마음을 생각해 그날로 배달을 간다. 그러니 '업무 외 업무'는
늘 근무시간이 끝난 뒤에까지 이어지기 마련이다. 새벽 세시에

걸려온 전화를 받고 잠자던 차림 그대로 달려가 보건소로 수송한 덕분에 할아버지 한 분이 쉬이 쾌유한 일이나, 탈이 난 산모가 여수 시내로 나가 무사히 분만을 할 수 있었던 것도 그이 덕분이었다. 그래서 연도 사람들은 내남없이 그를 '인정 많은 강박사'라고 부른다.

"다 어릴 적부터 봐온 분들이라 모두가 아짐이고 아재지요. 제가 맘씨가 좋아서가 아니라, 섬에서는 그렇게 할 수밖에 없어요. 누구라도 그렇게 한다니까요."

그래서 그는 이 집배원 일이 좋다. 작년에 정년퇴직을 하고, 장성한 다섯 자녀가 한결같이 편히 쉴 것을 권하는데도, 굳이 계약직으로 우체국에 남은 건 그 때문이다. 2001년에 섬에 포장도로가 생겼으니, 이전에 비하면 지금 일은 일도 아니라면서. 게다가 고바위를 오르다보면 다리에 쥐가 나서 몇 번이고 쉬어야 했던 자전거도 오토바이로 바뀌었다. 몇 년 전 아내가 5년 동안 들었던 보험을 해약해 오토바이를 사준 것이다. 씽씽 힘 덜들이고 달리게 된 것보다도 심부름을 위한 기동력이 는 것이 더좋았다.

"움직이기는 편해졌는데, 마음은 예전이 훨씬 나아요. 옛날에는 이 소식 저 소식 사람 정 담긴 편지들이었거든요. 글 못 읽는분들한테 사연도 읽어드리고, 편지도 대신 써드리고 했으니 그속내를 알지요. 그런데 요즘은 우편량도 적지만 대부분이 공과금고지서나 카드결재대금청구서, 독촉장 등이에요. 정담 담긴편지는 군부대 군인들한테 오고가는 편지가 다일 거예요. 우린 그걸 '깨순이'한테 편지 왔다고 하는데, 그걸 전해줄 때가 그나마 마음이 흐뭇해요…… 옛날같이 흐뭇한 편지들 좀 더 날라보고 싶어요."

　해안선을 따라 섬 전체를 다 돌아도 35킬로미터. 그가 자전거로 오토바이로, 이 작은 섬을 직선으로 사선으로 얼마나 많이 오고갔는지, 25년 세월을 합치면 가늠할 길이 없다. 어떤 이들은 작은 섬 안에서 어떻게 그럴 수 있었느냐 묻지만, 그건 모르는 소리다. 그가 다닌 길은 현실적인 길이 아니라, 사람과 사람 사이를 잇는 '사잇길', 그 길이를 잴 수 없는 길이기 때문이다. 연도리 '배달부' 강중환 씨, 오늘도 그는 작은 섬 안의 그 길고 긴 길을 또 달린다.

백야도

‘흰 이끼 섬’의 마지막 사공
도선주 임흥운 할아버지

열린 품속으로 찬바람이 파고드는 정도일 뿐, 하늘은 파랗고 햇빛도 찬연하다. 그런데 먼바다에 ‘풍랑주의보’가 발령 중이란다. 여수항은 갑작스런 주의보에 발이 묶인 사람들로 수런스럽다.

남해바다에 속한 섬으로서 이런 날에도 나듦이 가능한 섬은 백야도뿐이다. 섬이 뭍으로부터 직선거리로 채 200미터가 못 되는 근거리에 자리한 까닭이다. 고속 페리는 물론이요, 일반 여객선이 오가기에도 체면이 안 설 정도로 거리가 짧아, 이 섬은 섬과 육지 사이를 나룻배인 ‘백야호’가 오간다.

기름으로 움직이는 3.3톤급 목선이니 나룻배라는 표현이 의고풍의 감상 같지만, 그래도 선착장에서 배가 기다리다가 행인이 오면 이내 달려온다는 점에서 ‘만일 당신이 아니 오시면 나는 바람을 쐬고 눈비를 맞으며 밤에서 낮까지 당신을 기다리고 있습니다.’ 하는 한용운의 시 속 나룻배와 닮아 있다는 말이다.

육지의 최남단지역인 힛도마을에서 백야도 선착장까지를 하루에도
수십 번씩 오가느라 '날마다날마다 낡아' 온 이 배는, 이제 곧 폐선을 앞두고 있다.
배의 수명이 다하기도 하였지만, 섬과 육지 사이에 연도교가 놓이는 때문이다.

섬이 뭍으로부터 직선 거리로 채 200미터가 못 되는 근거리에 자리한 백야도는
고속 페리는 물론이요, 일반 여객선이 오가기에도 체면이 안 설 정도로 거리가 짧아,
섬과 육지 사이를 나룻배인 '백야호'가 오간다.

육지의 최남단지역인 힛도마을*에서 백야도 선착장까지를 하루에도 수십 번씩 오가느라 '날마다날마다 낡아' 온 이 배는, 이제 곧 폐선을 앞두고 있다. 십여 년 넘게 운행되어 배의 수명이 다하기도 하였지만, 무엇보다 섬과 육지 사이에 연도교가 놓이는 때문이다. 다리가 완공되면, 저 멀지 않은 옛 시절의 나룻배들처럼 우리 눈에서 사라져버릴 모습인 것이다.

청년 사공, 할아버지 도선주가 되다

임홍운 할아버지는 이 백야호의 도선주다. 지금에야 나룻배라는 말보다 '도선'이, 나루보다 '선착장'이 더 널리 쓰이는 표현이듯이 사공이라는 말도 도선주가 대신한다. 하지만 이 할아버지는, 청년 시절 진짜 '사공'이었다. 1960년대까지만 해도 백야도와 육지 사이엔 노를 젓는 나룻배가 오고갔는데, 제대를 하고 갓 고향으로 돌아온 20대의 팔팔한 몸으로 그 배의 노를 저었던 것. 그때 노를 젓겠다는 사람이 일곱이나 나섰는데, 다른 사람들은 '막걸리 먹이고, 고무신 사 나르고' 해도 안 되고 딜컹 이이가 사공으로 선출되었다. 1미터 74라는 옛사람답지 않은 장신에 믿음직한 체격이 사람들의 표심을 거들었던 모양이란다.

"그때 비하면 지금은 정말 많이 발전한 거지요. 노로 움직이

---

* 백야도의 옛 이름이 '화섬'인데, 지금은 관목이 숲을 이루어 보이지 않지만 악산인 봉우리 바위마다 하얀 돌이끼가 피어, 먼 데서 보면 섬 전체가 하얗게 보였다 한다. 힛도는 백야도 앞 육지의 최남단지역으로, 희다는 뜻에 섬 도가 합쳐져 만들어진 독특한 이름이다.

는 작은 배다보니, 조금만 날이 거칠어도 오갈 수가 없었으니까
요. 명절날 선산에 못 간 사람들이 나루터에 제물을 차려놓고
선산이 있는 육지 쪽을 향해 절을 하곤 했습니다. 그 모습이 지
금도 선해요."

두 해 남짓 그 일을 했을까. 이제 어느 정도 노 젓는 일에 제법
'가락이 붙었다'고 여겨질 무렵에 동력선이 들어오면서 노 젓는
배가 없어진다는 소문이 돌았다. 그런데 '사람 힘을 안 들이고'
배가 기름만 먹여주면 알아서 오간다는 사실이 오히려 울울하였
다. 힘줄 사이로 피가 도는 게 보이던 시절인지라, 아예 그 참에
사공 일을 접고 더 먼바다로 나갔다. 오십을 넘겨 고향 섬으로 다
시 돌아와 백야호 도선주가 되기까지, 무역선 갑판장으로 대서
양 바다를 누비고, 안강망어선 선장으로 동지나해까지를 누볐으

비가 오나 눈이 오나 바람이 부나~ 하는 노랫말이 있잖아요.
한겨울 새벽에 찬바람 부는 바다에 혼자 배를 띄우다보면 절로 돈이
차마 뭐인가 싶은 생각이 들기도 해요. 그 시각에 나가는 손님도 없을 것이지만은,
그래도 배는 선창에 있어야 하니까, 한없이 손님이 올 때까지 기다리는 것이지요.

니, 돌이켜보면 땅에서보다 배에서 산 시간이 더 많았던 삶이다.

"비가 오나 눈이 오나 바람이 부나~ 하는 노랫말이 있잖아요. 한겨울 새벽에 찬바람 부는 바다에 혼자 배를 띄우다보면 절로 돈이 차마 뭐인가 싶은 생각이 들기도 해요. 그 시각에 나가는 손님도 없을 것이지만은, 그래도 배는 선창에 있어야 하니까, 한없이 손님이 올 때까지 기다리는 것이지요."

요즘 같은 겨울에는 새벽 6시 30분부터 오후 5시 30분까지, 여름철에는 오후 8시까지 해서, 말하자면 해 뜨는 시각부터 해지는 시각까지를 임 할아버지는 백야호와 함께 바다에서 보낸다. 작은 섬치고는 태극기가 여섯 개나 휘날릴 정도로 학교, 우체국, 파출소 등 관공서가 많아서, 아침 출퇴근시간이 하루 중 제일 바쁠 때다. 그 시간을 제외하면 바다 위에 하냥 배를 띄워둔 채 행인을 기다리는데, 멀리 해안을 에도는 형상만 보아도 그가 배를 탈 사람인지 아닌지를 단박에 안다. 드는 이는 내남없이 섬주민들의 반가운 일가붙이, 나가는 이들은 결혼식이라든가 해서 여수 시내나 더 먼 지역으로 시간을 다투는 약속이 있기 십상이기 때문에, 한 사람이든 두 사람이든 '기름값 생각 않고' 배를 대는 그이다. 그러느라 하루 평균 오가는 횟수가 60~70여 회. 그동안 바다 위에 낸 뱃길의 흔적이 주름으로 옮겨 앉았는지 얼굴에 골이 깊게 패이고, 어느덧 그의 나이 내일 모레면 칠순이다.

"그래도 이 섬에서 나보다 인사 많이 받는 사람 없을 것이요. 꼬맹이들에서부터 파출소 소장이든 면장이든, 아침에 배에 올라오면서 절하고, 되돌아 내리며 절하고, 또 나갈 때 절하고. 하

루 평균 네 번씩 인사를 받으니까, 어떤 때는 미안하기도 하고, 또 공연히 인사 챙기느라 뒤돌아보다가 발디딤을 잘못할까 염려도 되고…… 해서 내릴 때만이라도 인사하지 말라고 했어요. 그래도 꼬박꼬박들 하는데, 외지에서 어쩌다 온 사람 가운데는 뒤 한 번 안 돌아보고 내리는 사람도 있고. 그럴 때는 좀 섭섭하기도 하고 그라지요."

볼에까지 노을이 번져 홍조가 될 무렵이면 이제 섬을 나들 사람들은 다 나들었기 마련이다. 육지에서 가깝다고는 해도 바다의 어둠은 사뭇 달라서, 원래 이름이 하얗다는 뜻의 '희섬'인 백야도조차 금세 칠흑같은 어둠에 묻힌다. 그럴 때면 섬의 오른편 옆구리쯤에서 불이 켜진다. 그의 아내가 바닷가에 선 수동식 가로등의 불을 켠 것이다. 그 불빛을 등대 삼아 집으로 돌아가면 도선주로서의 임 할아버지의 하루는 끝이 나고, 섬의 길도 끊긴다.

날마다날마다 낡으면서 새로워가는 중

"아숩지요. 매일매일 이 배랑 같이 하루에도 수십 번씩 이 바다를 오갔으니까요. 어떡하겠어요 그래도, 세상이 변하는 것을요. 저 혼자만 거석허지,* 마을로 봐서는 다리가 놓여야지요. 저도 마을 주민이니께."

백야호는 비록 폐선이 되어 사라지겠지만, 임홍운 할아버지의 삶까지 폐기되어지는 것은 아니다. 1톤짜리 FRP선으로 물고기를 잡아서, 평생 물일로 고생고생을 하다 '도선주 사모님'이 되면서 그나마 좀 편해진 아내를 위해 좀 더 가장 노릇을 할 생각이다. 보름이나 배를 떠나야 하는 까닭에 한쪽만 하고 여태 미루어두었던 다른 한쪽 눈의 백내장 수술도 해야 하고, 환해진 눈으로 해야 할 다음 목표도 또 있다. 배만 운전하느라 선박병종항해사, 특을무선통신사 등 배 관련한 자격증만 가졌지 남들 다 하는 자동차 운전 면허는 따질 못했으니, 이젠 그것을 익혀 아내와 함께 '한국일주'를 할 예정인 것이다.

"다리가 놓이면 집 앞에서 나서서 다시 집 앞까지, 차로 드나들 수 있을 것이요."

백야도의 마지막 사공 임홍운 할아버지는 '날마다날마다 낡으면서', 그러나 새로워간다.

* '거시기하다'처럼 어떤 행위나 상태를 불분명하게 가리킬 때 쓰이는 전라도 사투리.

모도

‘떠섬’의 유일한 점방, 그곳의 ‘슈퍼 할매’
‘모도수퍼’ 장홍자 할머니

디스플러스 담배 한 갑. 오늘 모도의 유일한 가게인 ‘모도수
퍼’ 첫 마수걸이는, 얼마 전 폐교로 이사온 ‘학교 총각’이 했다.
그러고는 종무소식. 오전이 다 갔다.

점심을 먹기 전, 슈퍼 주인이라 해서 섬에서는 누구나 ‘슈퍼
할매’로 부르는 장홍자 할머니는 가게 문을 걸어 닫는다. 관절
염을 심하게 앓는 할아버지를 휠체어에 태워 ‘콧바람을 쐬고’,
종일 앉아 있자면 뻑뻑하기 마련인 할머니의 무릎도 풀 겸, 섬
이 에도는 지점까지 운동을 다녀오는 것이다. 그동안에는 엄지
손가락만 한 자물통이 할머니를 대신해 가게를 지킨다. 굴 따러
나갔다 점심을 해치우러 들어가던 종복이네가 슬며시 한번 들
여다보며 지났을 뿐 사람 그림자도 안 보이고, 앞바다의 햇살들
만 바다 표면에서 재재거리거나 슈퍼의 파란 양철지붕을 달구
며 부산스럽다.

오후 3시. 채선달이라 불리는 이가 손녀 손을 잡고 와서 담배 한 갑을 사가지고 가고, 해가 뉘엿해질 때쯤, 그물을 매고 오는 길이라는 옆집 진씨가 들러 망둥이 세 마리를 풀어놓고 소주 한 병을 사간다. 어두워지자 호분이 할매가 와서 저녁거리라며 라면 여섯 봉. 혈압으로 한번 쓰러진 뒤로는 통 셈이 안 된다는 슈퍼 할매는 계산기를 꺼내 한참을 두드려서야 3,250원을 계산해 내고 거스름돈을 내어준다. 해 저물면 통 오가는 사람이 없으니, 아마도 이것으로 오늘 다시 계산기를 꺼낼 일도 없을 것 같다.

남한에서 제일 못사는 섬에서의 섬살이

슈퍼 할매의 고향은 인천이다. 처녀 적에, 형님들을 따라 인천에 나와 살던 모도 총각과 중매로 선을 보았는데, 당시 박춘

요즘이야 하루 매상이라는 것이 돈 만원을 넘기기조차 힘이 들어 이건 뭐
장사라 할 것도 없고, '슈퍼'라는 이름이 무색키만 하다. 여름철에는 해수욕장 때문에
사람 구경이라도 할 수 있지만, 지금 같은 겨울철에는 꼬박꼬박 가게문을
여는 것이 용할 정도다. 보일러가 고장 나서 집이 추우니, 틈만 나면 슈퍼로
마실 오는 종복이네가 유일한 방문객인 날도 있다.

학 할아버지는 신랑감 중에서도 '일등 신랑감'이었다. 편직기
계를 이용해 돌복, 백일복 등 아이들 옷가지와 내복을 짜는 요
꼬 기술자였기 때문이다. 해서 섬사람이라고는 해도 도시에서
기술로 벌어먹고 살겠다 싶어 덜컥 결혼을 하고, 아들 셋을 낳
았다. 그러나 그것도 잠깐, 스웨터에서부터 부인복까지 늘찐늘
찐하게 짜내는 새로운 편직기계가 나오면서, 평생 버팀이 될 줄
알았던 요꼬가 쓸모없어졌다. 결국 살 궁리를 편 것이, 고향인
모도로 돌아가 가게를 차리는 것이었다.

"가게 이름이 뭐 필요해, 조막만 한 섬에서. 이름 없이 그냥 점
방, 가게방 하고 불렀는데, 몇 해 전인가 세금 나온다고, 세무서
에서 붙이라고 해서 모도수퍼라고 이름을 써붙였지."

아이들 손이 꼬물꼬물할 때 들어왔으니, 벌써 40년 가까운 이
야기다. 그때만 해도 섬이 고기잡이로 번성해서, 가게 앞 바다

가 배들로 다리가 놓인 듯 보일 정도였다. 그런데 그 '좋은 시절' 역시 채 10년을 못 넘겼다. 바다에 고기가 마르면서 배들이 자취를 감추게 된 것이다.

그동안에는 모두들 어업을 하며 살았으니 산기슭에 기댄 밭만으로도 충분하였는데, 고기잡이가 시원찮아지면서 농사거리가 없는 섬에서 해먹고 살 것이 없었다. 밭뙈기나 있는 사람들은 보리며 고구마를 키워 쌀 몇 되와 바꾸어 먹었지만, 그나마도 없는 사람들은 입에 풀칠하기가 근근하였다. 어찌나 살림들이 곤궁했던지, '남한에서 제일 못사는 섬'으로 뽑히기까지 했다.

"우리 둘째가 아파가지고 서울 큰 병원에 입원을 한 적이 있었어요. 그때 내가 모도에서 왔다 하니까, 의사가 어디 있는 섬이냐 묻대. 그랬더니 옆에서 다른 사람이 일러줘요. 왜 일전에 우리나라에서 제일 못사는 섬이라고 뉴스에 나왔지 않느냐고. 그때는 좀 창피스럽대……"

결국 당시 내무부장관이던 노태우 전 대통령이 모도를 내방하기에 이르고, 물을 막아 논을 만드는 간척사업이 시작되었다. 이후로 남한에서 제일 못사는 섬이라는 불명예는 어찌되었는지 몰라도 여하간 섬사람들이 쌀나무가 어떻게 생겼는지는 구경하고 살게 되었다.

수도 없이 넘어야 했던 삶의 굴곡들
그나마 가게를 꾸렸으니 다른 이들에 비해 더 나았을 것도 같

지만, 앞바다와 섬사람들의 주머니 비는 것에 맞추어 가게 장사도 흥을 잃었다. 초등학교를 졸업하고 인천에 나가 상급학교를 다니는 세 아들을 바라지하기 위해서는 무어라도 해야 했는데, 물질도 농사일도 배운 바 없는 부부가 할 수 있는 일은 그저 그렇게 손바닥만 한 점방에 의지하는 것이었다.

"그러다 할아버지가 신도와 모도 사이를 오가는 배의 사공노릇을 하게 되었어요. 해서 살림이 좀 피나 싶었는데, 이번엔 섬에 다리가 놓인 거예요. 보건소만 갈래도 배 타고 나가야 했으니, 다리 건널 때마다 군수님 감사합니다 소리가 절로 나오지요. 하지만 좋은 일 있으면 궂은 일 있다고……"

3년 전, 모도와 신도 사이에 연륙교가 놓이고부터는 할아버지 사공도 필요없어지고, 장사마저 더 안 되는 것. 다리가 놓이니 펄이 자꾸 쌓여 그나마 있던 고기마저 없어져 낚시꾼들 발걸음이 뚝 끊기고, 또 전에는 배낭 매고 들어와 응당 하루 자고 나가던 여행객들도 차로 들어와 훌쩍 한 바퀴 돌고는 그냥 나가버리는 것이다. 게다가 그 차에 물 한 통까지 다 싸들고 들어오니, 여행객들에게 팔리던 먹거리며, 밤에 조개를 잡는다고 곧잘 사가곤 하던 '후라쉬'도 찾는 이가 뜸해져 먼지만 켜켜하다.

요즘이야 하루 매상이라는 것이 돈 만원을 넘기기조차 힘이 들어 이건 뭐 장사라 할 것도 없고, '슈퍼'라는 이름이 무색키만 하다. 여름철에는 해수욕장 때문에 사람 구경이라도 할 수 있지만, 지금 같은 겨울철에는 꼬박꼬박 가게문을 여는 것이 용할 정도다. 보일러가 고장 나서 집이 추우니, 틈만 나면 슈퍼로 마실 오는 종복이네가 유일한 방문객인 날도 있다.

"살다보니, 오늘 이런 세상이 내일 저런 식으로 절로 바뀌는 것을 많이도 겪어요. 다리씸 있을 때는 나도 힘을 냈지만, 할아버지 저렇지, 나 이렇지, 걸음도 옮기기 힘든 다리로 달리 뭘 어째…… 웬만한 건 집에서 다 길러먹고, 김치 지지고, 늙으니 밥도 요만큼씩밖에 안 먹어서 쌀도 덜 쓰고…… 두 식구 그럭저럭 먹으니까, 다 또 살게 돼." 하고는 얼굴 가득 웃음 주름으로 파랑을 만드는 할머니. 이런저런 삶의 변수들과 마주칠 때마다 무릎이 꺾이는 절망도 맛봤지만, 어쩌면 그래서 부부 모두 '다리병'을 앓는지도 모르지만, 아직 웃는 법을 잊어버리지는 않았다. 부엌 큰 화분에 대파며, 작은 화분에 실파, 안방 서랍장 위에 대궁 잘린 미나리는 물만 먹으면서도 다시 새순을 틔우고. 어디 잘 자라주는 것이 그뿐인가. 아들 셋이 모두 장가가서 크고 작은 손자들이 여섯이나 된다. 그동안 온갖 삶의 굴곡을 다 넘었으니, 이제 남은 생의 어떤 변화도 할아버지를 휠체어에 태우고 넘어야 하는 가게 앞 얕은 둔덕만큼도 두렵지 않다. 저 서쪽의 작은 섬 모도, 그곳에는 '슈퍼Super 할머니'가 사는 것이다.

효자도

효자도, 그 섬에는 효자가 자란다
섬의 유일한 어린이, 신정원

"나이는 왜 자꾸 묻고 그랴."

말투만 들으면 꼭 60~70대 노인인데, 올해로 겨우 네 살. 섬에 또래가 없어서 늘 할머니 할아버지들이랑 친구하며 놀아서 말투가 노인을 닮아버린 네 살배기 정원이다. 지금도 강아지 똘이를 데리고 몇 집 건너 이웃집에 가면서 엄마한테 "마실 좀 대녀오께." 한다.

친할머니와 정원이, 아빠, 엄마 그리고 엄마 뱃속에서 3개월 후면 태어날 동생이 함께 사는 정원이네 집. 빨간 양철지붕 안채가 파란 지붕의 두 바깥채를 양팔처럼 벌리고 있다. 바닷가 해안도로 변에 있으니 해풍에 시달렸음 직도 한데 갓 칠한 듯 선명한 지붕 색깔이며, 창문을 해바라기 문양 가리개로 꾸민 모양새가 집안 살림들이 어떻게 꾸려지고 있을지를 가늠케 한다. 정원이 아버지는 올해 서른여섯 살인 신무현 씨. 어머니는 서른

두 살의 '새댁'이다.

"갓 시집와서 정원이 낳았으니 햇수로 5년쨀데 아직도 섬 어르신들은 저를 새댁이라고 하세요. 또 저를 부를 때는 '에미야', 정원 아빠랑 정원이를 부를 때는 '아야' 하시지요."

요즘은 찾아가는 섬마다 바다에 산물들이 없어진다는 한숨소리가 높지만, 섬에서도 점점 보기 어려워지는 것이 있다. 바로 젊은이와 아이들. 젊은 사람들이 다들 뭍으로 나가니 자연 아이들도 없고, 아이들이 없으니 분교들마저 폐교되는 바람에 다시금 섬에 드는 젊은이와 아이들이 없다. 작은 섬들은 이 섬이나 저 섬이나 평균 연령이 60을 훌쩍 넘기기 마련. 그러니, 효자도에서 만난 정원이네 '젊은' 가족이 반갑디 반가울밖에.

정원이 아빠는 스스로도 '한창나이'인데다 배, 자동차, 오토바이까지 운전이란 운전은 못하는 것이 없고, 보일러며 수도, 전기 등 손대서 못 고치는 것이 없다. 그러다 보니 섬 곳곳에서 정원 아빠를 부르는 '아야' 소리가 끊이질 않는다. 새벽 다섯시면 일어나 집 앞 바다로 실치잡이를 나갔다가, 잡은 실치를 뜰채에 떠서 펴 말리는 작업을 할 때가 해 뜰 무렵. 아침을 먹고 나면 다시 배를 몰고 양식장으로 가서는 열 칸 양식밭을 가꾼다. 치어 때부터 키워온 우럭들에게 먹이를 주고 양식장 물에 뜬 부유물들을 건져내야 하기 때문이다. 다시 집에 돌아왔는가 싶으면, 이번엔 담배를 빡빡 빨아들이며 피운다고 정원이가 '빠빠할머니'라고 부르는 이웃 할머니 댁에 무언가를 고쳐주러 가거나, 동네 형님 배에 물건 내리는 것을 도우러 또 휑하니 오토바이를

효자도에는 실제로 효자 이야기가 전한다. 지금부터 100여 년 전,
부친이 병으로 사경을 헤매자 자신의 허벅지살을 도려내어 봉양한 효자가
있었던 것. 〈전설의 고향〉에나 나올 듯한 이야기지만, 아직도 실제 주인공
최순혁 씨의 손자가 노부모와 함께 섬에 살고 있다. 그래서 원래 머리 좋은 장수가
많이 났다 해서 수재미섬이던 이름이 효자섬으로 바뀌었다고.

몰고 집을 나선다.

이렇게 아빠가 집을 비우면 정원네 집 앞에서 '아야'로 불리는 것은 오롯이 정원이 혼자가 된다. "아야, 넘어질라." "아야, 같이 어야 가자." 여기저기서 정원이를 부르는 소리 드높다.

섬이 키우는 아이, 섬을 키우는 아이

아무리 일찍 일어나도 아빠의 아침 출항을 따라나가기엔 늘 늦잠꾸러기가 되는 정원이. 오늘도 첫 배를 놓친 아이는 오후 배엔 따라나서리라 앙다짐을 한다. 마침 우럭양식장에 붙은 자연산 미역을 채취하러 아빠가 다시 바다로 나갈 예정이란다. 이때다 싶어 파란 장화를 챙겨 신는다. 아빠가 사준 장화를 정원이는 비가 오지 않는 날에도 즐겨 신는데, 아빠 장화에 비하면 턱없이 크기가 작아도 그것만 신으면 왠지 늠름해 보여서다.

장화까지 신었지만, 영 아빠가 오지 않는다. 집 앞 솔숲 사이도 걸어보고, 할머니를 찾아 미나리꽝에도 가보고, 무연히 동네 개들 군기를 잡다가 남의 집 개밥그릇을 끌어다 똘이 집 앞에 놓기도 하고…… 비행기 소리에 하늘을 가리키며 "비향기 지나간다." 하고 큰소리를 내봤지만, 아무도 듣는 이가 없자 슬그머니 팔을 내리고 만다. 그만 기다리다 지쳐서 옆집 박씨 아저씨네 유리 미닫이문을 기웃거리러 갈 참인데, 아빠의 오토바이 소리가 들린다.

엄마가 동생을 가지면서부터 떼쓰는 일이 많아졌다는데, 이번에도 떼 반 어린양 반으로 허락을 얻어 이윽고 바다로 나간

젊은 사람들이 다들 뭍으로 나가니 자연 아이들도 없고, 아이들이 없으니
분교들마저 폐교되는 바람에 다시금 섬에 드는 젊은이와 아이들이 없다.
작은 섬들은 이 섬이나 저 섬이나 평균 연령이 60을 훌쩍 넘기기 마련.
그러니, 효자도에서 만난 정원이네 '젊은' 가족이 반갑디 반가울밖에.

다. 아빠가 미역을 뜯는 동안 하릴없이 배에 있어야 하는데다
간간이 '가만히 앉아 있으라'는 지청구까지 듣지만, 그래도 아
빠 따라 배 타고 나가는 걸 좋아하는 아이다. 먼바다로 제법 긴
시선도 던져보고, 선실로 들어가 운전대에 매달리기도 하고, 아
빠가 횟감으로 뱃바닥에 물고기라도 던져둘라치면 가시를 바
짝 세운 채 덤비는 그것들과 대결도 벌인다.

  "처음엔 육지 처가댁에 맡길까도 고민했어요. 가까운 원산도
에 유치원과 초등학교가 있지만 어린 게 혼자서 통학선을 타고
오가야 하니까 걱정이 돼서요…… 그래도 자식은 부모랑 있어
야지 싶어서, 그냥 섬에서 온 식구가 같이 삽니다."

골목에서 미나리를 뜯어 돌아오는 할머니를 보더니, 금세 제 발걸음의
방향을 까먹고 만다. 미나리 바구니를 할머니의 지팡이에 꿰어서는
들것 들 듯이 나눠 든다. 몇 발자국 걷고 나서 하는 말, "아이고 힘들어 죽겠네."

아빠가 미역을 뜯는 동안 하릴없이 배에 있어야 하는데다 간간이 '가만히 앉아
있으라'는 지청구까지 듣지만, 그래도 아빠 따라 배 타고 나가는 걸 좋아하는 아이다.

"여름에 섬에 드는 관광객들 속에 제 또래 친구들도 있잖아요. 애가 제 또래를 못 봐서인지, 그때는 아무리 불러도 집에 안 와요. 한편으로는 마음이 안됐기도 한데, 그래도 섬 어르신들이 다 제 할머니, 할아버지고, 또 삼촌이고 고모니까, 그렇게 자라는 것도 좋지 싶어요."

누구라도 길에서 정원이를 만나면 손을 잡고 집으로 데려가고, 정원이도 이 집 안방이나 저 집 대청마루나 다 제집이라 여기고 산단다. 그래서 정원이는 신무현 씨네 아들이 아니라, 섬 주민 전체가 키우는 효자섬의 자식이다. 항상 바닷바람을 쐬면서 '차게' 키워서인지 감기 한번 안 걸린 채 쑥쑥 자라주고, 다행히 원산도에 중학교가 있어서 고등학교 갈 때까지는 가족들뿐만 아니라 섬주민 모두가 정원이 커가는 모습을 함께 볼 수 있을 터이다.

이제는 아까 가려다 못 간 박씨 아저씨네 참견하러 길 나서는 정원이. 그러다가 골목에서 미나리를 뜯어 돌아오는 할머니를 보더니, 금세 제 발걸음의 방향을 까먹고 만다. 미나리 바구니를 할머니의 지팡이에 꿰어서는 들것 들 듯이 나눠 든다. 몇 발자국 걷고 나서 하는 말, "아이고 힘들어 죽겠네." 그러자 할머니가 저놈 보라며 우스워 죽겠단다. 그 웃음소리가 자갈을 굴리는 물 자락 소리보다 크다. 늙으신 부모를 자주 웃게 하는 것도 으뜸 효도 가운데 하나라 했으니, 효자섬에는 귀하디 귀한 효자 아이, 정원이가 산다.

남해도

유년의 기억 속에 등대를 세우고
미조초등학교 아이들

길은 여기서 끊기고
더 이상 갈 곳은 없다
뛰어들어 섬이나 되든지
아니면 이대로 바위나 되든지
천년 만년 바라보고 있든지……

오인태 시인이 노래한 〈남해군 미조리〉다. 남해대교를 건너
삼십팔경으로 유명한 금산을 돌아 아름답게 펼쳐진 상주해변
을 발 아래 두고 지나면, 더 이상 길이 없을 듯한 고개 너머에 미
조리가 있다. 내륙의 막다른 길, 남해의 끝이다.

미조리彌助里. 한자어를 해석하면 미륵을 도운 마을이 된다.
수행을 하러 왔다가 남해의 물이 불어 오도가도 못하게 된 부처
님 앞에 마을 앞 섬 하나가 자진해서 엎드려 디딤돌이 돼주었는

데, 그것이 지금의 미조리라는 얘기다. 이후 이 작은 갯마을은 부처님의 은혜를 입어 풍어의 고장이 되었다고 한다.

이름에 얽힌 전설이 이르듯이 미조리 앞바다는 대구, 삼치, 숭어, 갈치, 돔 등이 번갈아 가며 풍성한 어장을 이룬다. 또 바다에 이처럼 고기가 많은 덕에 마을에는 그 바다에 생명줄을 대고 사는 사람들이 많다. 미조리 주민 거개가 수산업 종사자인 것이다. 규모로 보면 남해의 다른 항들에 비해 그다지 크다고 할 수 없는 미조항이 늘 수많은 선박들의 왕래와 은빛 비늘들이 털어내는 햇살로 활기를 띠는 것이 그 때문이다.

일제시대에는 어업전진기지이기도 했던 까닭에, 이 작은 마을에는 등대가 세 개나 있다. 제 흙 자락을 물 깊은 데까지 늘려 그 끝에 밝은 등대를 세 개나 세우고 지친 뱃길을 인도하는 것을 보면, 이 마을은 미륵을 도운 마을이 아니라 마을 자체가 온통 '미륵의 마음'을 가졌다고 보아야겠다. 즉 미조리의 등대들은 곧 미륵의 마음의 표상이다.

등대가 보이는 학교, 미조초등학교

미조리에서는 어디에 서든 등대를 볼 수가 있다. 미조리를 더 큰 품으로 감싸안는 미조면을 통틀어서도 유일한 초등학교인 미조초등학교. 그리 높지 않은 둔덕에 자리한 이곳에서도 등대는 보인다. 아이들이 무심코 지나치는 복도 창틀 안에 푸른 하늘과 바다를 배경으로 꼿꼿이 서 있기도 하고, 낮은 운동장에서는 벚나무 가지 사이에 가리워 보이지 않다가도 타이어를 알록

이마 푸른 총각선생님은 곧잘 아이들 손을 잡고 바다로 들로 나간다.
등대와 순리대로 변화해가는 자연, 남해바다와 젊은 선생님이 합심하여
아이들을 가르친다. ⓒ 이진우

달록 채색해 세운 정글짐에 올라서면, 또 눈앞에 흰 지표처럼 서 있다. 때문에 이곳의 아이들은 등대를 보며 자란다.

"등대는 배가 길 잃었을 때, 배들이 집에 찾아올 수 있게 해주는 거예요."

4학년인 은혜는 차랑차랑 곧게 뻗은 제 갈래머리처럼 직선으로 말한다.

"등대는 경찰이에요. 사람들을 지켜주니까요."

제 꿈과 등대를 견주어서 얘기하는 씩씩한 세영이다.

아버지가 고기 잡는 선원인 태은이는 등대를 짧게 '고마운 것'이라고 했다. 선장인 아버지를 따라 저 먼바다 삼천포까지 다녀왔다며 자랑이 대단한 윤지는 '미아를 보호해주니까 등대는 곧 보모'라고 말한다.

저마다 표현은 달라도 한결같이 곱고 바른 시선이다. 아이들은 등대의 미덕을 아직 여물지 않은 제 마음의 결에 새겨 넣는가보다. 볕 좋은 계단에서, 날 때부터 말을 못했다는 동무 성희의 머리를 땋아주는 승연이. 한 학급 안에 선주와 선원의 자녀들이 함께 있어 가정의 빈부차가 유난히 크다는데도 아이들은 어른들의 관계와 상관없이, 눈에 보이는 저마다의 입성과도 상관없이 그렇게 또래또래 밝게 어울린다. 이 남해의 끝, 매립을 통해 얻어진 땅이라 흙이 헐거운 논밭에서도 찬 겨울 해풍을 견디며 푸릇푸릇 촉을 새우는 착한 마늘잎들처럼, 아이들은 착하디 착하게 자란다.

미조면을 통틀어서도 유일한 초등학교인 미조초등학교. 그리 높지 않은 둔덕에
자리한 이곳에서도 등대는 보인다. 아이들이 무심코 지나치는 복도 창틀 안에 푸른
하늘과 바다를 배경으로 꼿꼿이 서 있기도 하고, 정글짐에 올라서면 또 눈앞에 흰
지표처럼 서 있다. ⓒ 이진우

멀리 조업을 나갔다 돌아오면 자식들 키가 한 뼘은 자라 있다고 해서
어촌에는 '한 번 뱃길에 키가 한 뼘'이라는 말이 있다. ⓒ 이진우

착하고 푸르게 자라는 아이들

멀리 조업을 나갔다 돌아오면 자식들 키가 한 뼘은 자라 있다고 해서 어촌에는 '한 번 뱃길에 키가 한 뼘'이라는 말이 있다. 이처럼 부모들이 먼바다에 나간 동안에도 아이들의 몸은 무럭무럭 자라면서 그 속에 깃든 꿈도 자란다.

카랑한 목소리로 발표를 잘하는 아름이의 꿈은 아나운서다. 풍금소리에 맞추어 노래 부르는 것이 제일 좋다는 나영이는 가수가 되고 싶단다. 승연이는 유치원 선생이 꿈이다. 모델이 되고 싶다는 아이, 외교관이 꿈인 아이…… 주말마다 교회에 나가는 세영이의 꿈은 선교사다. 선교사가 되어 많은 나라들을 돌아다니고 싶은 세영이의 작은 손바닥에는 인터넷 주소가 적혀 있다. 사람들을 만나면 손바닥을 펼쳐 보여준다.

이 아이들의 선생님인 4학년 담임 곽동석 교사. 오지라는 이유로 지원해서 오는 사람들이 없어, 학교에는 주로 처음 교사 발령을 받은 선생님들이 많다. 그 역시 스물일곱 살의 새내기 교사다.

"초등학교는 지식을 가르치는 곳이 아니라, 기본 인성을 가르치는 곳이라고 생각합니다. 자연에 둘러싸인 남해도는 그러한 인성교육에 좋은 곳이지요. 이 속에서 아이들이 바른 인성을 가지고 꿈을 키워갈 수 있도록 옆에서 돕는 것이 제가 할 일입니다."

이 이마 푸른 총각선생님은 곧잘 아이들 손을 잡고 바다로 들로 나간다. 교실 한 켠의 대형 TV와 교탁 밑에 설치된 초고속

무선 인터넷 컴퓨터가 문명적인 교육부분을 담당한다면, 등대와 순리대로 변화해가는 자연, 남해바다와 젊은 선생님이 합심하여 아이들의 인성을 가르친다. 또 시 〈남해군 미조리〉를 쓴, 사택 텃밭의 무꽃 하나에도 측은지심 가득한 오인태 시인 역시 이곳의 교사다. 아이들은 시인 선생님에게서는 서정을 배우고, 시인 교사는 그 아이들에게서 시심을 얻는다.

배경에 등대를 세운 아이들이 먼 시선으로 배웅을 한다. 이제 해가 바뀌었으니 저 아이들은 모두 제 나이에 한 살씩을 더 얹게 된다. 혜경이와 상원이는 5학년이 되고 기현이와 정욱이는 중학교로 진학하며 아이들 중 몇몇은 먼 대처로들 뿔뿔이 흩어질 것이다.

그래도 아이들이 어디로 가서 어떤 열매로 맺히든, 이 '등대가 보이는 학교'에서의 어린 시절이 그들의 뒤를 따를 것이다. 그리고 미조리 등대는 그 유년의 기억 속에 선돌처럼 서서, 제 뛰놀던 마을과 학교에 대한 그리움을 구체화하는 정물이 되어줄 것이다. 늘 아이들의 가시각도 안에 머물던 그 모습 그대로 아이들의 마음 자리에 꼿꼿이 서서, 그들이 헤쳐 나가야 할 미래라는 거칠고 험한 바다에 밝은 불빛이 되어줄 것이다.

이미 오래전에 성년의 나이를 지났음에도 가끔씩 발길 놓을 곳을 잃고 먹먹해지는 우리에게도 등대 같은 마음의 지표 하나, 그리움의 선돌 하나 꼿꼿이 서 있었으면 하는 바람을, 남해바닷가 작은 마을 '등대가 보이는 학교'를 돌아 나오며 하게 된다.

웅도

먼 세상을 떠돌다 돌아온 섬 토박이
김용호 할아버지

'웅도熊島'. 높은 곳에서 내려다보면 섬 모양이 마치 한 마리 곰이 웅크린 것처럼 보인다 해서 붙여진 이름이다. 이 곰이 그저 웅크리고만 있었더라면 여느 섬과 다름없었을 텐데, 하루 두 번 뒷발을 육지로 내미는 형상이 되면서 연륙도連陸島가 된다. 간조 때 바닷물이 빠지면 섬의 북측에 놓인 다리가 드러나면서 서산시 대산읍 육지와 연결되는 것이다.

너무 멀어서 한번 들어가면 울고 나오지 않는 이가 없다 하여 '울섬'이거나, 역시 육지와 멀어 모든 것을 스스로 해결한다는 뜻의 '스스로 자自'가 붙은 '여자도'. 이런 외딴섬과 웅도와 같은 연륙도 중 어떤 섬이 더 사람을 뭍을 향해 갈급하게 할까.

게다가 300여 미터의 시멘트 다리는 웅도와 육지 사이에 놓인 '모계섬'을 관통한다. 약 3분의 1이 육지와 모계섬 사이에, 나머지 3분의 2가 웅도와 모계섬 사이에 놓인 것이다. 때문에

약 40여 년 전부터 웅도에서는 사람이 갯일을 하고 소달구지가 그 갯것들을 실어 나르는
공동작업의 풍경이 펼쳐져 왔다. 경운기를 사용할 수도 있으나 소금기에 이내 부식이 되어
수명이 채 2년여를 넘기지 못하기 때문에, 재래의 방식 그대로 오늘날까지 소달구지가
이용되고 있는 것이다.

웅도에서 보면, 육지와의 연결로는 힘껏 내달리면 단숨에 닿을 듯 가까워 보인다. 섬을 찾아든 사람들이 만조 시 물이 밀려드는 것을 아랑곳 않고 다리를 건너려다 화를 당한 것이나, 토박이 주민들이 뭍의 꿈이 옆구리에 닿을 듯 가까워서 섬을 벗어난 것이 모두 그 미혹과 연관 없지 않다.

　불혹에, 섬으로 돌아오다
　웅도 토박이 김용호 할아버지. 수많은 섬 젊은이들이 그랬듯이 그이 역시 종아리의 힘줄이 활시위처럼 팽팽하던 시절, 펄쩍 뛰어 닿기만 하면 무한대로 내달릴 수 있을 것만 같은 뭍을 향해 그 다리를 건넜다. 난지도로부터 '좀 더 나은 섬'으로 시집온 아내와 함께.
　"지금이야 나일론 우비도 있고, 우마차가 끌어주지만, 우리 할아버지 아버지 적에는 아무것도 없었어요. '계적'이라고 짚으로 만든 도롱이 같은 걸 입고, 비가 오나 눈이 오나 바지락을 캐서는 등짐에 짊어지고 그 갯바닥을 걸어나왔어. 지금 고생이야 고생도 아니지. 그게 싫어서 고향을 등졌어요. 부모도 그런 고생 대물림하기 싫어서 나간다 하면 등을 떠밀었으니까."

그러나 인연줄 하나 없던 뭍의 삶은, 고단했다. 옛날 사람치고는 신세대 육지사람처럼 아들 하나 딸 하나 단출히 자식농사를 지었지만, 끝내 육지사람이 될 수는 없었다. 사방이 물로 둘러싸인 섬에서 나고 섬에서 자란 그가 나중에는 사우디로 쿠웨이트로, 고향이 그리운 날은 지평선이 수평선처럼 보이기도 하던 사막들을 떠돌아야 했다. 그렇게 객지생활 12년, 세상일에 더 이상 미혹되지 않는다는 불혹을 넘겨서야 그는 다시 섬으로 돌아왔다. 처음 다리를 건너 나올 때의 자연석 징검다리가 70년대 초반 시멘트 포장다리로 바뀌었지만, 이름은 그대로 유두다리*였다.

"갯벌은 거짓말을 안 허니까. 하면 한 만큼, 내가 노력하면 노력한 만큼 벌이가 돼요. 더구나 갯바닥에 나갈 때 소달구지를 이용하면서부터는, 힘도 예전만치 덜 들지."

웅도의 갯벌은 발이 푹푹 빠지는 펄 사이사이에 조개나 굴껍질

---

* 이름의 유래에 대해서는 정확한 사료가 없고, 다만 간조 때 징검다리가 물 속에서 떠오르는 모습이 젖꼭지처럼 보인다 하여 '유두'라는 이름이 붙었을 것이라는 추측이 있다.

등의 퇴적물을 덮었은 제법 덜 무른 면이 함께 드러난다. 그곳이 소달구지의 길이 되어, 약 40여 년 전부터 웅도에서는 사람이 갯일을 하고 소달구지가 그 갯것들을 실어 나르는 공동작업의 풍경이 펼쳐져 왔다. 경운기를 사용할 수도 있으나 소금기에 이내 부식이 되어 수명이 채 2년여를 넘기지 못하기 때문에, 재래의 방식 그대로 오늘날까지 소달구지가 이용되고 있는 것이다.

"소가 이곳 웅도사람들 재산목록 1호지요. 차는 없어도 소는 있어야 항께. 우리 소도 얼마 전에 암송아지를 낳았는디, 소야 새끼 놔주지, 조개 운반하지 굴 운반하지, 또 지금이야 트랙터가 대신하지만 밭도 갈고 농사짓고. 다목적 아니요."

간조 때가 가까워오면 어촌계로 한동아리가 된 주민들과 함께 이들 부부도 달구지를 끌고 갯벌로 향한다. 대개 남편이 소를 끌고 아내는 달구지에 타기 마련인데, 노랗고 파란 원색의 우비를 단단히 차려입고 긴 장화를 신은 '갯일' 차림으로 소달구지와 함께 마을을 나서는 모습이 이채롭다. 또 갯벌도 '밭'이라지만, 수평선을 두고 물 자락이 찰랑거리는 갯바닥에 소가 되새김질을 하며 서 있는 모습이나 갈매기 울음소리 사이에서 듣는 '움머' 소리는 기묘하다. 특히 바다에 해무라도 낀 날이면, 아연 시공의 개념이 허물어진다.

갯벌에 그리는 노동의 흔적

부리가 긴 새처럼 생긴 갯호미 '조쇠'로 바닥을 긁어대기 수백 차례. 부부는 '다람치'라고 부르는 10kg짜리 종태기에 한 가

구당 80kg의 정량을 다 채우고서야 허리를 편다. 언뜻 보면 금방 채워질 듯하지만, 한 다람치를 채우는 데는 40~50분이 족히 걸린다. 자그만 갯고둥이 지나간 자리에 포복무늬가 남듯이, 그네들이 앉은걸음을 옮긴 자리에도 장화발에 팬 무늬가 어지럽다. 오늘 저녁 든 물에 사라졌다 내일이면 이내 다시 그려질 노동의 그림이다.

"웅크리고 조개를 캐니까 몸이야 항상 아프지유. 그래도 사람 마음이, 오늘 갔다가 내일 앓더라도 일단은 나가게 되유. 하루 가면 얼마다 하는 생각이, 삐거덕삐거덕하면서도 다시 일어나게 한다니께유." 아내 박경분 씨의 말이다.

조개 잡고 굴 까고, 또 초여름부터 늦가을 동안 낙지까지 잡는 철이 되면 사람들이 길을 걸어 다니면서도 흔들흔들한다고 한다. 잠을 못 자서다. 갯일에다 벼농사, 밭농사까지 벌여둔 형편이니 허리 펴고 손 마를 틈은 없지만, 때문에 그 수익만은 웬만한 연봉 부럽지 않다.

언뜻 보면 금방 채워질 듯하지만, 한 다랍치를 채우는 데는 40~50분이 족히 걸린다.
자그만 갯고둥이 지나간 자리에 포복무늬가 남듯이, 사람이 앉은걸음을
옮긴 자리에도 장화발에 팬 무늬가 어지럽다. 오늘 저녁 든 물에 사라졌다
내일이면 이내 다시 그려질 노동의 그림이다.

"돈은 많이 버는디유, 다들 자식들을 교육시킬라고 육지로 내보내니까 이 집이나 저 집이나 두집살림을 해서 돈이 또 많이 들어유. 왜 이 일을 하간디유. 자식들은 이런 일 안 시킬라고 하는 거지유. 지는 딸이 와도 행여 장난으로라도 갯벌에 못 들어오게 해유."

아침 10시께 물러났던 물이 오후 4시가 가까워오자 다시 들어오기 시작한다. 섬을 찾아들었던 외지인들은 다리가 물에 잠기기 전에 섬을 빠져나가려 채비를 서두른다. 곰이 뒷발을 거두고 물 우에 웅크린 형상이 되면, 웅도에는 서서히 저녁 이내가 내려앉는다. 늙은 부모의 옹골진 마음까지를 모둔 채, 오롯이 '섬'이 되는 것이다.

형도

그래도, 삶의 종결 문구는 '감탄사'다
최고령 섬주민, 나난화 할머니

옛날 형도에 든 사람들은 이곳이 평안도에 인접한 어느 섬이
아닌가 착각이 들었다고 할 정도로, 형도 안에는 평안도 출신
주민들이 많다. 1·4후퇴 때 피난 내려온 이북 사람들이 주민의
대부분이기 때문이다.

"저 아래 길섶 고추는 와 그랬넨지 몰라, 고추를 모다 양지귀*
에 널어야젠. 색이 고르지 않고 포족족허니……"

잘못 널어 색이 곱지 못한 고추를 보며 혼잣말을 하는 형도 주
민 나난화 할머니의 말씨에도 '작은 평안도'라 불리는 섬의 특성
은 그대로 살아 있다. 얼마 전까지만 해도 저리 손사래 칠 일이
있으면 몇 집 건너에 있는 6촌 동생 박옥경 할머니 집엘 들르곤
했는데, 나는 나이는 순서가 있어도 가는 나이는 순서가 없다더

* '양지'라는 뜻의 이북 사투리.

니 자신보다 다섯 살이나 어린 동생이 먼저 세상을 등졌다. 같은 황해도 은율군 태생으로 각기 남편들 따라 보급선을 타고 흘러 흘러 든 것이 또 같은 섬이어서, 오래 지기로 지냈던 사이다.

"열여섯에 시집을 갔다가 그 마을에서 만났어요. 열한 살 먹었다는데, 목병이 나가지고 고름이 질질 흐르는 걸 싸매고 있더라고…… 촌수를 따지니 6촌이라고도 하고, 또 집도 설고 사람들도 설고, 남편까지 설은 시집에서 살면서 의지가지가 많이 됐제이."

나나마나 한 걸 낳았대서 이름이 '난화'

사남매를 낳고는 막내로 또 딸을 낳아서, '나나마나 한 걸 낳았다'고 이름이 '난화'가 된 할머니. 태어난 동네는 갯가가 아니었는데, 열한 살 나던 해에 아버지가 갯일 하는 집에 돈 100냥을 받고 민며느리로 판 덕분에 5년 뒤 '갯바닥' 시집살이를 시작했다.

"워낙에 힘이 드니까, 누가 갯일 하는 집으로 시집을 갈라고 해야지. 지금도 쬐끄만데, 그때는 얼마나 쬐그맸겠어. 그 쬐그만 게 맨날 조개 캐고 부엌일하고…… 남편도 정이 없는데다 그때는 왜 그렇게 노름이 성했는지. 에이 더러, 더러."

열여덟에 아들을 얻고, 십년 터울로 딸 하나를 더 얻었지만, 함께 살아온 세월을 돌이키라 하면 욕지기가 먼저 나온다. 그래도 한번 시집오면 죽어 귀신 될 때까지 '붙박이'인 줄 알았던 시절이라, 전쟁의 어수선함 속에서도 그 인연 자락을 놓지 못했

다. 서른한 살 되던 해에 남편을 따라 시어머니와 어린 남매를 데리고 삼팔선을 넘었으니, 전라도 부안으로 비금도 섬으로, 평택으로…… 서러운 '피난민' 살이의 시작이었다.

"먼저 피난 내려온 손위 시누가 살기 좋다고 해서 비금도 섬엘 들어갔는데, 여자들이 낭구*하고 디딜방아 찧고 밥하고, 남자들은 '그냥'이야 그냥. 우리 영감이 일이라도 할라치면, '저기 피난민네 남자가 낭구하네.' 하고 손가락질을 하는 거야. 그래 살 수가 있어야지."

오죽하면 '돈 많고 잘난 남자 날 좀 데려가소.' 하고 아낙들이

* '나무'의 전라도 사투리.

바다가 '시화호'라는 담수호가 되면서 겪은 사연일랑 아랑곳 없이, 한때 사람들이
벅신벅신하던 갯벌이던 곳에서 이제는 여행객들이 한가로이 망둥이를 낚는
풍경이 펼쳐진다.

소리(노래)를 다 했겠느냐는 게 그 첫 번째 섬에 대한 할머니의 씁쓸한 기억이다. 결국 1년을 못 살고 평택으로 옮아가 미군부대에서 품팔이하는 걸로 어찌어찌 산목숨들을 이어갔는데, 그것도 영 여의치가 않아서 차라리 죽은목숨이 부러울 정도였다. 그때 남편이 어디선가, 경기도 형도 섬에 이북 사람들이 모여서 사는데, 굴이랑 조개가 많이 나 살 만하다는 소식을 들었다. 그래서 온 가족이 손을 부둥켜 잡고 두 번째로 들어온 섬이 이곳 형도였다. 들던 대로 전부가 다 '고향사람'이라 할 정도로 피난 민들이 모여 살았고, 그 속에 6촌 동생 박 할머니의 반가운 얼굴도 있었다. 게다가 굴이 어찌나 굵고 조개가 많이 나던지, 캐도 캐도 종태기가 모자랄 정도였다.

"그래 또 갯일을 하게 되었지. 굴을 캐다가는 사강으로 서정

남편도, 갯벌도, 같이 갯일 하던 동네 사람들도 다 사라지고, 이제 6촌 자매까지 떠나 같은 '말씨'로 속내를 틀 사람들이 거의 다 없어진 지금이다.

리로 그걸 팔러 다녔어. 헌데 그렇게 돈 벌면 뭐해. 고향에서 하던 버릇이 여기까지 따라오더라고……"

그러면서 또 혼잣말로, '노름은 절대 사람이 할 짓이 아니여.' 하고 못을 박는다. 그렇게 평생 속정이라곤 없이 속만 썩이더니, '넝감'이 그만 '환갑 차려먹자마자' 세상을 떴다. 또 상전벽해라고, 평생 바다인 줄만 알았던 섬 둘레 바다가 '시화호'라는 이름의 담수호로 변하면서 갯벌까지 사라졌다. 세상살이 신산해도, 갯호미 하나 달랑 들고 나가면 하루 네댓 시간씩 어김없이 제 몸을 열어 굴이며 누비조개며 온갖 갯것들을 무한정 쏟아내 준 덕택에, 돌아올 때면 삶의 중압감 대신에 묵직한 종태기가 들려오곤 했던 갯벌이었다.

"처음에는 모다들 세상 좋아지는 일인 줄만 알았지. 캐도 캐도 조개가 나오던 '저금통' 같던 바다를 내줘버린 거야. 그러고 나니 할 일이 있나. 장사도, 농사도 해본 놈이 하는 거지. 다들 망하거나 떠나거나 그랬어. 그래서 떠나고 이래서 떠나고……"

남편도, 갯벌도, 같이 갯일 하던 동네 사람들도 다 사라지고, 이제 6촌 자매까지 떠나, 같은 '말씨'로 속내를 틀 사람들이 거의 다 없어진 지금이다.

몸도, 바라는 마음도 '쬐끄매진' 할머니

그나마 열여덟에 낳아서 언제부턴가 '같이 늙은' 아들과 딸이 형도에 살면서, 친손주 여섯에 외손주 넷을 보게 했다. 피난살이 힘겨워 공부도 제대로 못 시킨 자식들과는 달리 손주들은 제

각기 공부를 많이 해서, 모두 대처에 나가 살면서 할머니 알기를 '꿀단지처럼 달게' 여겨, 이제는 그만 '놀고 먹는다'는 할머니다. 평생 해온 갯호미질 덕분에 손등에 핏줄이 고랑 진 손이지만, 딸이 해준 금쌍가락지, 첫째, 둘째, 셋째 손주딸이 해준 루비며 백금반지가 네 개나 끼워져 있어서 마음 헛헛할 때마다 쓸어보면 명치께가 뻐근해온다. 평생 반지 하나 받아본 적 없는 영감이지만, 이 인연의 '고리'들을 쥐어주었으니 '에이, 더러'라고 원망하는 것도 사실은 무연한 자기설움이다.

"이제 내 나이가 여든일곱인데, 뭘 바라겠어. 갑자기 죽으면 할 수 없지만, 정신 살아 있을 때 가면서, 이 반지들 제가끔 딸이랑 손주들에게 되돌려주고 죽는 게 바람이야."

'나나마나 한' 거라는 이름을 받아 '쬐끄만 몸뚱이'로 평생 갯일, 부엌일, 피붙이들 바라지로 살아온 나 할머니. 물살에 서히 깎이는 모래톱처럼, 기대 살던 것들을 하나하나 떠나보내면서 조금씩 허물어져서는, 이제 정말 몸도 마음도 '쬐끄매진' 할머니다.

"누부리 곱과."*

해 질 무렵, 어둠에 가려 몸피가 더 작아 보이는 할머니가 사투리로 혼잣말을 한다. 그래도, 하루를 온전히 다 지나야만 붉어지는 노을 같은, '감탄사'다.

---

* '노을이 곱다'라는 뜻의 이북 사투리.

청산도

돌고 또 돌면, 길은 언제고 이어진다
택시기사 정만진 씨

하루, 이틀, 사흘. 청산도를 들어가기 위해 완도 바닷가에 머문 날이 꼭 사흘 낮밤이다. 아무리 초고속 페리가 오가는 시간을 반으로 줄이고, 영화가 가보지도 않은 섬의 영상을 머릿속에 각인시켰다 해도, 역시 '섬은 섬이었다'. 호우주의보가 내리자 섬과 완도항 사이를 오가던 배들이 꼼짝없이 묶인 채, '내일이면 뜬다'는 뜬소문만 무성했던 것.

"그러니 누가 섬으로 시집올라고 하겠소? 섬 처녀들도 뭍으로 나가려는 판인디. 지 여동생들도 모두 서울로, 대전으로 시집가서 살아라우."

청산도 택시기사 정만진 씨. 만나기로 한 날짜를 사흘이나 넘겨서 만났건만, '하늘 때문에' 지키지 못한 약속에는 이미 익숙한 그다. 되려 본인이 무안해서는, 마흔 넘어서야 늦장가를 간 사연까지 실어 섬에 퉁박을 준다.

그래도 청산도 도청리 1035번지 자신이 태어난 탯자리 섬을, 고등학교 3년, 군대 3년을 빼고는 오래 떠난 적이 없는 그다. 대개의 섬 청년들이 뭍으로 나가거나 아버지의 고기잡이 그물에 손을 잇기 마련인데, 아버지가 참치잡이 유자망 어선 선주였던 그가 선택한 것은 배의 '키'가 아니라 운전대였다. 청산도에 택시가 오가기 시작하던 1990년도, 최초로 탄생한 다섯 명의 택시기사 가운데 한 사람이 그인 것이다. 당시만 해도 운전직은 '선망의 대상'이었으니, 군대에서 기술병으로 자동차 정비를 배운 그로서는 망설일 것이 없는 선택이었다.

포장도로가 많지 않은데다 비까지 잦은 지역 특성상, 섬에서 운행하는 택시들은 흔히 '코란도 택시'로 불리는 RV차종들. 그이 역시 '코란도'로 운전을 시작해 얼마 전 새 차로 바꾸기까지, 두 대의 차를 각각 40만km씩 '끊고' 보냈다. 그 길이만을 합산해도 80만km. 청산도의 도로를 이 끝에서 저 끝까지 내달려도 20km가 넘지 않고 해안선 둘레를 따져도 100km가 넘지 않으니, 15년여 동안 섬 안을 택시로 오고간 그의 행적을 외려 짐작키가 어렵다. 청산도 지도 위에 그동안 다닌 거리 구간을 빗금으로 그으면, 쇠지도라도 구멍이 뚫릴 것이라는 게 그의 표현이다.

청산도 최초의 택시기사

"옛날에는 지나가는 개도 천원짜리를 물고 다닌다고 할 만큼 청산도가 부자 섬이었어라우. 교과서에 청산도 고등어 파시가 실릴 정도였지요. 그런데 고기가 줄면서 인구도 따라 줄고, 섬

언뜻 보면 섬 안에서 택시기사가 뭐 얼마나 할 일이 많으랴 싶지만,
섬이기에 하루 24시간이 모자란다. 새벽 6시 반 첫 배에 맞춰 사람과 물건을
실어 나르는 일부터 버스가 안 다니는 부락의 학생들을 통학시키는 것도
그의 몫이다. 또 섬의 '119' 노릇도 한다. 아이들에게 '삼촌'으로 불리는 그는
섬 어르신들에게는 '조카야'로 불린다.

에서 할 일이 없어요. 젊은 사람들이 다 나가고…… 나가 섬에서 젤로 젊은 축이니께요."

청산항은 일제강점기 때부터 고등어와 삼치 파시로 이름을 날렸던 곳이다. 1960년대에는 어업전진기지로 지정돼 여름철이면 수백 척의 고등어잡이 배가 몰렸다. 그러던 것이 어업현대화로 인한 '싹쓸이'로 가까운 바다의 고기 씨가 마르면서 청산항의 기세도 움츠러들었다. 이제는 잡는 어업이 기르는 어업으로 전환되고, 문어단지를 이용해 문어를 잡는 '초어업'이 자연식 '잡이'의 명맥을 간신히 유지하고 있는 실정이다.

"그래도 우리 섬은 땅이 기름져서, 옛날부터 전형적인 반농반어가 이루어졌어요. 왜 그 영화에도 보면, 구불구불한 황톳길이 너른 논밭 사이로 나오잖아요. 송화랑 동호가 〈진도아리랑〉을 부르며 넘던 그 길 말이요."

요새 사람들이 청산도 하면 자연스레 영화 〈서편제〉를 떠올

리듯이, 그이 역시 송화와 동호를 동네 아이들 이름 부르듯 이야기한다. 청산도가 다른 섬들에 비해 특이한 점이, 구들장논*들이 펼쳐진 넓은 들과 그윽한 고샅길, 소나무 숲 늘어선 해안선이 있다는 것인데, 바로 넓은 들로 난 구불구불한 황톳길 고샅이 영화에 등장한 그 길이다. 면소재지이자 그의 집이 있는 도청리에서 조금 떨어진 당리마을에서 촬영이 이루어졌는데, 영화가 상영된 이후 관광객들이 찾아들면서 그나마 '파시'의 북적임을 재현하고 있다.

* 청산도에만 있는 특이한 구조의 논으로, 산허리를 깎은 바닥에 커다란 돌들로 축대를 쌓고 그 위에 구들장을 놓듯 물이 빠지지 않도록 진흙을 반죽해 채워서 흙을 쌓아 농사를 짓는 형태다.

삼촌이면서 조카, 심부름꾼이자 119

"지뿐만 아니라, 섬에서 택시 모는 사람들은 다 섬의 '심부름
꾼'이어요. 요즘은 관광객들도 저마다 차를 가지고 들어오고, 또
섬 안에도 자가용이 400대가 넘으니까, 주로 연세 높으신 분들
이 관공서나 생필품 사러 넘나들 때 택시를 이용하지요. 중학교
댕기는 애들도 태우고요. 배로 들고나는 물건도 실어 나릅니다."

언뜻 보면 섬 안에서 택시기사가 뭐 얼마나 할 일이 많으랴 싶
지만, 섬이기에 하루 24시간이 모자란 그다. 아침 6시 30분이면
첫 배가 나가니, 사람과 물건들을 배에 태우기 위해 5시경이면
잠자리를 털고 일어나야 한다. 버스가 안 다니는 부락의 중학생
들을 학교에 통학시키는 것도 그의 몫이다. 학부모들이 월 단위
로 챙겨주는 '기름값'은 말 그대로 기름값이나 할 정도지만, 그
래도 매일 아침 7시마다 다섯 명의 아이를 학교에 실어 보내고
또 방과 후 시간 맞추어 태워오는 일이 그에게는 섬에서 택시기
사로 사는 보람이 된다. 10년 넘게 이 일을 하고 있으니 그동안
통학시켰던 아이들이 이제는 군대를 가고, 시집가서 아이를 낳
기도 했다. 거개가 뭍으로 나가서 살지만 어쩌다 명절 때 섬에
들라치면, '삼촌'을 찾아 인사를 온다. 또 긴급구조대가 없는 만
큼, 그는 섬의 '119' 노릇도 한다. 아이들에게 '삼촌'으로 불리는
그는, 섬 어르신들에게는 '조카야'로 불린다.

"나이 드신 분들이라 경운기에 다치기도 하고, 행여 돌아가시
기라도 하면 운구를 하는 것도 저희 일이지요. 좋은 일 궂은 일
참 많이도 겪는데, 그나마 옛날에는 명절 때마다 과일궤짝 들고

찾아드는 자식들을 부모랑 상봉시키는 재미가 있었어요. 그런 손님 태우면 내가 다 흥이 나서 입이 벙글어지니까. 요즘은 경기가 어려워서인지 그 모습도 시들헙니다."

옛날만큼 신명 나는 일도 없고, 이제 누구 하나 운전업을 '전도유망한' 직업으로 여기지도 않지만, 그래도 그는 얼마 전 새로 바꾼 차의 이름을 말할 때면 원래의 된소리 발음에 더 힘을 싣는다. 마흔 넘어 든 늦장가에 아직 신혼 소리를 듣는 터요, 그가 잠든 사이 아내가 들여놓은 엄지손톱 위의 봉숭아물이 신혼살이의 속내를 발그레한 색으로 드러내 보인다. 이제 고령으로 움직임이 힘에 부친 홀어머니도 그의 집과 위아래 사이다. 그래서 구불구불 논 사이로 난 청산도 황톳길처럼, 그의 길에도 인력引力이 작용한다. 그것이 탯자리 섬에서 기인하는 것인지, 살을 받고 또 살을 부비며 사는 인연들에서 오는 힘인지는 알지 못한다. 다만 그의 차는 '신삥'이요, 그 역시 이 섬의 '젊은이'이다. 또, 하루 이틀 사흘…… 뭍과 섬 사이의 물길은 막혀도 청산도 섬 안의 길은 매일 아침 열린다. 길이, 매일 아침, 그의 눈앞에 열리는 것이다.

선재도

바다, 갯벌, 햇살 그리고 눈먼 아버지
실명한 어부 아버지 곁을 지키는 아들 김연용 씨

내 아버지는 대장장이였다. 아버지는 목수였고, 운전사이기도 했으며, 때로는 뻥튀기 아저씨이기도 했다…… 그러다 장님이 되었다. 대장장이며 목수였고, 운전사이며, 뻥튀기 아저씨였던 내 아버지가 장님이 되어버렸다. 장님이 되어버렸다……

스물네 살. 그가 군대에 있을 때였다. 집에서 오는 편지는 점층법처럼, 점차 모든 것이 나빠지고 있다는 사실을 알려왔다. 당뇨합병증으로 시력이 떨어져가던 아버지가 앞을 영 못 보게 될 것 같다고 했고, 결국 실명하셨다는 소식으로 이어졌다. '아버지가 장님이 되어버렸다……' 그의 책 첫머리에 나오는 문장의 말줄임표는, 소식을 들었을 당시 그의 심경일 것이다. 아버지가 대장장이, 목수, 운전사, 때로는 뻥튀기 장사를 하며 힘겹게 꾸려온 가계에서, 그는 대학을 휴학하고 입대해 이제 고작

이등병일 뿐인 아들이었다. 속에서 그의 몸을 구성하고 있던 작은 미립자 알갱이들이 하나씩 터져 나갔다. 어찌할 수 없는 군대라는 틀이 허물어질 것 같은 형체를 부여잡아 두었을 뿐, 마음은 늘 섬으로 내달렸다. 옹진군 영흥면 선재리, 아버지가 계신 섬으로.

제대 후 도시의 대학으로 복학하지 않고 아버지 곁으로 가겠다고 했을 때, 그를 말리는 소리들이 적지 않았다. 미술을 전공하던 그는 소질 있는 학생이었다. 가능성이 많은 청년이었다. 그런 그가 실명한 아버지의 곁에 머무는 일이, 아버지 앞에 벌려진 암흑 속으로 함께 들어가는 것처럼 보였을 것이다. 그래도 그는 섬으로 향했다. 어머니가 캐던 조개마저 선재도 앞 갯벌에서 자취를 감추면서 가세는 기울대로 기울었고, 형제들은 흩어졌다. 무엇보다 아버지가 '장님이 되어버렸다'. 내려가야 한다는 것 외에 다른 생각은 나지 않았다.

일밖에 모르던 아버지였다. 대장간을 찾는 사람들의 발길이 줄어든 때에도 호미를 벼리는 아버지의 망치 소리는 힘이 넘쳤고, 새벽부터 들려오는 톱질 소리가 온 식구들의 기상을 재촉하기도 했다. 그러던 아버지가 방에 들어앉아 나오시질 않았다. 문을 걸어 잠근 채 곡기를 끊기도 했다. 아버지가 정신적 공황

어장 매만지는 아버지. 다른 이들은 바다가 어두워지면 나오지만,
아버지는 이제 세상의 어둠과는 상관이 없다. 소리로 시간을 알리는 시계가
물이 들어올 시간을 알릴 때까지, 어장에서 작업을 하신다(108~109쪽).

상태에 빠져 있는 동안, 움직여야 하는 것은 문 밖의 그였다. 더이상 풀무질을 할 수 없는 대장간과 그의 가족이 오래 일가를 이루고 살았던 번지수를 버리고, 멀지 않은 바닷가에 새로 살림집과 민박, 식당을 겸한 집을 지었다. 빚으로 세워 올린 집이었지만, '바다향기'라는 향기로운 이름도 붙였다. 그러고는 어머니와 함께 장사를 시작했다. 난생처음 해보는 음식장사. 사람을 써야 하는 줄도 몰랐고, 그저 무조건 열심히만 하면 될 거라고 믿었다. 하지만 법적인 문제, 세무 관련 문제에서부터 음식을 조리하고 손님을 맞는 일까지, 세상일이 열심히 한다고만 해서 되는 것이 아니라는 걸 배우는 데 꽤 오랜 시간이 걸렸다.

'어부'가 된 아버지

그러던 어느 날, 아버지가 걸어 닫았던 문을 열고 나오셨다. 소리로만 들리는 속에서도 '희망'을 좇는 모자의 억척을 알아채신 듯했다. 방 밖으로, 집 밖으로, 그렇게 한 걸음씩 떼기 시작한 아버지의 걸음은 바다로까지 이어졌다. 어머니를 따라서 조개를 줍기 시작했고, 결국은 버려진 어장을 손질하는 데까지 나아갔다. 눈먼 이가 바다에 드나드는 일을 위험천만하다며 모두들 불안해했으나, 그는 아버지를 말리지 않았다. 바다 밑바닥에 말장*을 박는 일이, 다시금 세상 바닥에 삶의 의지를 단단히 박는 일임을, 그 말장 사이에 그물을 치는 일이 물고기가 아니라 스르르 빠

---

*정치망그물을 치기 위해 바다에 박는 말뚝.

져나가려는 삶의 희망을 다시 모두는 일임을 알았기 때문이다.

가까운 어장인 '윗그물'은 해안가 집 앞에서 내다보이는 거리다. 하지만 '아랫그물'은 걸어서 10리길. 정상인도 오가기 힘든 갯벌을 보이지 않는 걸음으로 오가느라 넘어지고 다치기 수 차례였다. 어장을 지나친 줄 모르고 한참을 더 걸어나가 위험에 처한 적도 있었다. 그때마다 이들 부자의 삶을 스치며 엿본 사람들은 그의 불효를 나무랐다. 그래도 여전히 아버지는 바다로 나가기를 고집했고, 그 역시 아버지를 말리지 않았다. 다만 해안가 모래사장에서 어장이 있는 갯벌까지 질기고 긴 나일론 줄을 잇대어 '생명줄'을 만들었다. 눈먼 아버지는 우산손잡이처럼 끝이 구부러진 지팡이를 생명줄에 걸고 걸음을 옮겨 어장까지 나간다. 뚫어진 그물을 손보고, 말장을 더 깊이 돋우고, 뿔뚝*에

*통발. 원통형 그물.

걸린 물고기들을 건져서는 돌아온다.

'아리아드네의 실'*이 끊어진 적도 있었다. 손의 감각만으로 더듬어서 끊어진 줄을 다시 잇대었는데, 줄을 찾아 더듬거리는 사이 방향이 뒤바뀌었다. 그것도 모르고 아버지는 줄을 잡고 걸어 나왔다. 아니 걸어 들어갔다. 물이 들어오고 있는 중인 바다를 향해 걸어 들어간 것이다. 멀리서 밀려오는 물살 소리를 듣고서야 방향이 잘못되었음을 알았다. 되돌아 나오는 눈먼 아버지의 그 걸음이 얼마나 황망하였을지, 지금도 생각하면 오도독 팔뚝에 소름이 돋는 그다. 하지만 그때도 오열 대신, 생명줄을 더 단단히 조이고, 점검했다. 집 밖에 커다란 스피커를 바다를 향하게 놓고, 아버지가 돌아오실 시간 즈음에 음악을 크게 틀었다. 하루 두 번 들고나는 선재도 물처럼 그 소리를 따라, 줄을 잡고서, 아버지는 어김없이 돌아오신다. 가장으로서 지난 세월 내내 그러했듯이, 돌아오실 때는 우럭이며 놀래미며, 그의 노동의 산물을 든 채다. 대장장이였고, 목수였고, 운전사였고 뻥튀기 장사였던 아버지는 이제 '어부'가 된 것이다.

《아버지의 바다》를 내다

물이 빠져나간 갯벌에 물의 결이 새겨져 있다. 햇빛에 빛나는 뻘 바닥은 그렇게 잔물결이 일렁이던 바다의 모습을 간직하고

---

* 그리스·로마 신화의 영웅 테세우스가 미궁을 헤치고 나올 수 있도록 미노스의 딸 아리아드네가 건넨 실타래.

오열 대신, 생명줄을 더 단단히 조이고, 점검했다. 집 밖에 커다란 스피커를
바다를 향하게 놓고, 아버지가 돌아오실 시간 즈음에 음악을 크게 틀었다.
하루 두 번 들고나는 선재도 물처럼 그 소리를 따라, 줄을 잡고서,
아버지는 어김없이 돌아오신다.

있다. 갯벌이 바다의 기억을 부여잡듯, 그는 아버지를 기록했다. '바다향기'를 꾸리고 아버지를 따라 바다 일을 하기도 하면서, 틈틈이 아버지의 모습을 사진에 담은 것이다. 어느 날, 우연히 그의 사진을 본 이가 출판을 권유했고 그의 글과 사진이《아버지의 바다》라는 이름의 책으로도 묶였다.

바다, 갯벌, 물고기, 햇살, 고둥 그리고 눈먼 아버지…… 사람들은 더 큰 세상이 있다고 한다. 늘 뭍을 동경하던 섬 소년이었던 그는, 한때 도시의 대학에서 디자이너로서의 이상을 품기도 했던 그는, 더 멀리 시선을 연장하고 싶기도 하다. 하지만, 아직 끝나지 않는 터널 속 같은 아버지의 어둠을 다 이해하지 못했고 공이 진 아버지의 손을 닮지도 못했다. 그래서 한동안을 더 아버지 곁에 머물 생각이다. '아버지의 바다', 세상에서 가장 숭고하고 아름다운 풍경 앞에.

이작도

아직도 저 바다에 '일류선장'이 있다
대양호 선장 정규관 씨

아직 해가 뜨지 않은 이른 새벽, 대양호 선장 정규관 씨가 선
창에 배를 매놓은 뚝말*의 벼릿줄을 푼다. 서서히 뒤로 빠지기
시작하는 조금 물살에 벌써 먼바다로 나갈 준비운동을 마쳤는
지, 밤새 뚝말을 동여 잡고 있던 벼릿줄이 스르르 풀린다. 로라**
에서 감겨 올라오는 닻줄도 저항이 없기는 마찬가지다. 어쩌면,
그것들을 부리는 손놀림의 익숙함 때문인지도 모른다.

이 어둑서니 속에서도 유난히 눈에 두드러지는 것이 정 선장
의 손이다. 흰 목장갑을 낀 손이 어찌나 크고 두툼한지, 처음엔
새벽 바닷바람을 이기려 여러 개의 장갑을 덧낀 것이지 싶다가,
목장갑에도 스몰 미디엄 라지 사이즈가 있었나 하는 데까지 생

* 배를 밧줄로 선창에 매는 키 낮은 말뚝.
** 밧줄을 풀거나 삼을 때 쓰는 로울러의 뱃사람들 발음.

각이 미칠 정도다. 그렇다면 정 선장의 장갑은 투엑스라지쯤 될
것이다.

　사람의 신체 기관 중에서, 어떻게 쓰느냐에 따라 생김과 크기
가 변하는 것이 아마도 손인 듯하다. 이작도에서 선장의 아들
로 자란 정규관 씨는, 어려서부터 물일, 뱃일이 손에 익었다. 스
물세 살 되던 해에는 아버지의 10톤짜리 배의 기관장이 되었고,
두 해 뒤에는 그 배의 선장이 되었다. 그리고 나이 오십을 넘긴
지금은, 100톤급 꽃게 운반선, 10톤급, 7톤급 어선 해서, 저마다
급이 다르지만 그 이름만은 하나같이 대양호인 세 척 배의 선장
이다. 하니, 선장 경력만 삼십 년인 셈이요, 언뜻 들으면 남부럽
지 않은 선주다.

　"짜기는 기맥히게 짰는데……"

　"경력 많은 게 아무 소용이 없어요. 요즘은 '일류선장'이 필요
없다니까요. 옛날에는 지탈*에 고기가 많다든지, 선장만이 아는
노하우가 있어서, 선원들이 어느 선장의 배를 타느냐에 따라 수
입이 달라졌어요. 그러니 물속 이치를 잘 꿰는 선장을 일류선장
이라고 추키기도 했지요. 그런데 지금은 GPS프로타니 어군탐
지기니 그런 기계들이 있으니까, 일 년 된 사람도 일류선장 노
릇을 해요."

　결국은 그런 기계들의 발달이 어획량을 높인 덕에 '바다에 씨

＊비탈의 방언.

가 말랐다'는 소리가 나오게 되었고, 아버지의 아버지 적부터 꽃게 산지로 명성이 자자했던 이작도 주변 바다에서도 꽃게를 구경하기가 어려워졌다. 건축에 쓰일 재료로 모래들을 퍼가서 바다가 변했다고도 하고, 가까운 영종도에 공항이 들어서면서 꽃게들이 산란할 자리를 못 찾아서라고도 하는데, 어느 한 가지 이유가 아니라 그 모든 것이 합쳐졌을 것이라는 게 정 선장의 생각이다.

"옛날에는 꽃게를 잡으면 한 틀에서 30가마가 잡혀 올라오기도 했어요. 뗏마*가 무게를 못 이겨 침몰된 적도 있었지요. 그런데 지금은 그물 서른 틀을 놓아도, 3가마가 잡힐까말까 해요. 꽃게만 바라고는 살 수 없는 지경이 되었지요. 그래도 내가 짜기는 기맥히게 짰는데……"

이른 나이에 배의 선주가 되고 스물다섯에 가정을 꾸린 그이니만큼, 악력과 더불어 생활력은 그 스스로 일찍부터 키워야 했던 '힘'이었다. 신혼부터 같이 배를 타고 물일을 했던 아내가 제발 '발 땅 붙이고 하는 일' 좀 하고 싶다고 했을 때 선뜻 섬 나들목에 횟집을 연 것도, 아내의 청을 들어주기 위해서였다기보다는 '기맥힌 스케줄'의 일부였다. 4월부터 6월까지 꽃게 철에는 꽃게를 잡고, 금어기인 7월부터 8월 말까지는 아내의 횟집에 물고기를 댄다. 또 안 잡히면 기를 요량으로 양식업을 시작하였으니, 그 역시 뱃일 짬짬이 그의 손이 돌봐야 할 큰 밭이다. 하지

* 꽃게, 물고기 등 잡힌 어획물을 실어 나르는 배.

"다른 사람들이 저를 '골빈 놈 저거' 하고 비웃어요. 놀면서 비웃어요.
왜냐면 새벽부터 열심히 일하는데, 일 년에 하루도 안 쉬고 일하는데,
놀고 있는 자신들보다 나을 게 없으니까요. 그래도, 저 사람들은 바다 일에
취미도 없고 욕심도 없는데, 나는 취미도 있고 욕심도 있으니 그렇지 하고 생각해요."

만, 횟집이야 여름 한두 달 대목 장사를 빼면 다른 계절에는 문을 닫아두어야 할 형편이고, 양식업 역시 중국에서 값싼 수입품들이 들어오니 수입이 있을 리 없다. '기맥히게 짰는데' 하는 그의 말이 말줄임표로 끝나는 이유가 거기 있다. 그래도 삶을 멈출 수 없듯이, 쉼없이 돌아가야 하는 것이 그 '기맥힌 스케줄'이다. 9월부터 12월까지는 꽃게를 잡고, 꽃게 철이 아닌 12월 말부터 4월까지는 간재미를 잡는다. 오늘 아침의 이른 출항이 바로 간재미 잡이용 그물을 부리기 위한 것으로, 한 달에 두 번 그물을 부렸다 거두는데 한 번 부릴 때 긴 그물틀들을 100개 이상 바다에 던져 넣는다.

"지난번에 100만 원을 했어요. 100만 원이 남은 게 아니고, 잡힌 간재미를 위판장에 넘긴 총액이 100만 원이요. 선원들 인건비는 물론이고, 배에 기름값도 안 나지요."

빈 그물이 올라올 때마다 그물 구멍에서 물 빠져나가듯이, 가슴 한 켠이 헛헛해지는 그이다. 한번 부렸던 그물들을 다시 거두면, 그물에 걸린 불가사리나 해초더미 등 쓸모없는 것들을 떼어내는 작업을 해야 하는데, 한 틀당 300미터가 넘는 그물들을 일일이 손으로 풀어헤쳐 다시 동이는 작업이 수월치가 않다. 그나마 고기라도 많이 잡혔을 때는 그물 되감는 선원들의 손에도 흥이 나기 마련이지만, '일류선장이 못 된' 때문에 해찰하는 손놀림에도 뭐라 잔소리마저 꺼내기 힘들다. 그럴 때면 영 미덥지 못한 부분은 혼자서 남아 해치우고 뱃전 물청소도 직접 하는 정선장이다.

취미도 있고 욕심도 있고

"다른 사람들이 저를 '골빈 놈 저거' 하고 비웃어요. 놀면서 비웃어요. 왜냐면 새벽부터 열심히 일하는데, 일 년에 하루도 안 쉬고 일하는데, 놀고 있는 자신들보다 나을 게 없으니까요. 그래도, 저 사람들은 바다 일에 취미도 없고 욕심도 없는데, 나는 취미도 있고 욕심도 있으니 그렇지 하고 생각해요. 또 저번에 잘 안 잡혔어도, 그물 놓을 때마다 이런 생각을 해요. 여기는 잘 걸릴 거야. 이번엔 잘될 거야……"

그러면서, 말끝에 '꼭 노름하는 사람처럼 말이에요. 우습죠?' 하고 덧붙인다. 꽃게가 너무 안 잡히던 어느 해에는 이작도를 벗어나 전라도 영광으로 배를 몰고 새우잡이를 나선 적도 있었다. 그러나 평생 꽃게잡이를 전문으로 해온데다 바다라고 다 같은 바다가 아니어서, 빚에 배마저 **빼앗기고** 다시 이작도 고향으로 되돌아왔다. 그가 돌아온 지 3년 만에 아버지 세상 뜨신 일이 자신으로 인한 '화병'만 같아, 그때를 생각하면 눈가가 뜨듯해지는 그다.

이후, 꽃게를 잡는 것만으로 부족하면 인양하는 사업이라도 해볼 요량으로 빚에 넘어가는 100톤급 인양선을 그 역시 빚으로 인수했다. 하지만 이름은 오대양을 다 담아낼 듯한데, 단 한 번도 그득히 채워서 돌아온 적이 없는 대양호다.

"IMF 지나면서 배를 해보겠다고 덤빈 육지 사람들이 많았어요. 무적선들이 무더기로 허가를 얻기도 했지요. 그중에서는 경험 없이 한 일인데다 고기도 안 잡히니, 접고 싶은 사람들도 많은 걸로 알아요. 근해 10톤 이상 어선에 대해서는 정부가 구조조정을 했거든요. 그때 60% 이상이 보상받고 어업을 중단했어요. 어장 고갈이 이제는 기정사실이니까, 연안 어선에 대해서도 구조조정을 해야 해요. 이젠 정말 할 사람만 해야 하는 것이지요."

빈 배가 물 표면에 깊이 박힌 채 되돌아오는 것은, 빈 배로 되돌아와야 하는 뱃사람들의 무거운 마음을 실은 때문인지도 모른다. 끌고 당기고 부리고 젓고 꿰고…… 지난 삼십 년 동안 그가 잠든 시간을 제외하곤, 심지어 그의 마음이 허공을 휘젓는 동안에도 단 한번 쉬어본 적 없어서, 곁고 옹이 져 남들보다 배는 더 부피를 키운 그의 손이, 다시금 빈 배의 벼릿줄을 뚝말에 건다. 다시 풀릴 그때를 위해, 단단하되 언제든 풀릴 수 있는 매듭의 형태다.

풍도

아무것도 없거나 허다하게 많거나
이장 김계환 씨와 '미쓰 고네 야외다방'

인천에서 뱃길로 두 시간. 여객선이 인천항을 출발한 이후에
풍랑주의보가 내리니, 배는 가뭇없이 출렁인다. 비포장도로를
달릴 때처럼, 선실에 누운 등허리로 파랑 센 바다의 노면이 그
대로 전해진다. 풍도. 나드는 뱃길에 이렇게 바람이 세서 '풍도'
인가 하는 생각이 들지만, 한자로는 풍년 풍豊자를 쓴다. 해산
물이 풍부하거나 땅이 기름져 푸지게 먹거리를 쏟아내는 섬이
라는 뜻일 것이다.

선착장에 내려서자마자 섬의 동쪽 한 귀퉁이를 빌려 쓴 풍도
리마을 들머리다. 40여 가구 90여 명의 주민이 산다더니, 주민
의 10분의 1 정도가 해안도로에 면해 있는 청년회관 앞마루에
나와 앉아 있다. 일종의 마을 정자인 셈이다.

통과의례처럼, 뭍에 나갔다 들어오는 이들과 마루에 앉은 이
들 사이에 주고받는 인사가 질펀하다. 그 속에 섞여, 섬의 이름

김영준

뜻과 내력을 물었다. 그런데 돌아오는 답이 예상 밖이다.

"여기는 갯벌이 없어. 갯벌이 없으니 해산물이 없지. 또 여긴 논도 없어. 쌀이 한 톨도 안 나서 섬 밖에서 사다먹어야 해."

섬에서 제일 높은 후망산(해발 164m)에서 섬자락까지 너른 논을 둘 겨를 없이 가파른데다, 섬자락에서 바닷속까지도 급경 사라 미처 갯벌이 자락을 펼치지 못한 것이다. 그러다 보니 갯 벌도 없고 논도 없고, 자연스레 주민들이 기대 살 '언덕'도 없다.

"게다가 홍도 같은 기암괴석도 없고, 모래사장 해수욕장도 없 어."

그러니 그 흔한 관광객도 들 일이 없어서, 낚시꾼에 기대 사 는 민박집이 여섯, 어선을 운영하는 집이 다섯이고, 그 나머지 는 모두가 연소득 100만 원 남짓한 노인들이 사는 집이라는 것 이다. 그렇다면 이 섬의 이름은 지독한 역설이 된다.

"옛날 어르신들 이야기 들어보면, 원래는 단풍 풍자였다지."

돌아오는 대답이 점입가경이다.

"도리로를 돌리도"

마을 이장님을 만나면 좀 다른 소리가 돌아올까 싶었다. 풍채 좋은 몸에 흰 와이셔츠, 여름용 중절모 차림의 '멋쟁이 이장님' 은 풍도 토박이 김계환 씨다.

"섬 자체는 가진 게 없어도, 얼마 전까지도 집집마다 살림이 넉넉했지."

여전히 없는 것 천지지만, 화려한 '왕년'은 있었다는 이야기

"어이, 미쓰 고~ 커피 한 잔 주소." 하면 "어서 오시오~." 하는 대답이 채송화며 봉숭아, 나리꽃들이 심어진 담장을 넘어온다. 꽃을 좋아하는 고 할머니의 취미 덕에 꽃 담장을 두른 마당이 고와 너나없이 드나드는 '미쓰 고네 야외다방'이다. ⓒ 김영준

와 함께 본인이 직접 자료를 구해 만든 한 장짜리 '풍도의 역사' 프린트 종이를 내민다. 조선 중종 때 편찬된 《신증동국여지승람》에 나라 말을 기르는 목장 이야기와 목자들이 살았던 집터 이야기가 쓰여 있다.

기록보다는, 그이가 체험적으로 기억하는 섬의 역사가 더 흥미롭다. 섬이 안팎으로 풍성함과는 거리가 멀다보니, 일찍이 풍도 주민들은 '섬 밖의 섬'에 눈을 돌렸다고 한다. 동쪽으로 1시간 남짓 거리인 도리도는 갯벌이 넓어서 굴과 바지락이 지천인 섬인데, 100여 년 전부터 풍도 주민들이 이 섬을 '일터'로 개간한 것이다. 굴 채취를 위해서 9월이면 도리도로 짐 보따리를 싸

갯벌도 없고 해수욕장도 없으니 관광객도 드는 일이 없어서, 낚시꾼에 기대 사는 민박집이 여섯, 어선을 운영하는 집이 다섯이고, 그 나머지는 노인 몇이 홀로 지내는 집이다. 그렇다면 풍년 풍자를 쓰는 이 섬의 이름은 지독한 역설이 된다. ⓒ 김영준

서 이사를 했다가 음력 1월에 풍도로 되돌아와서 명절을 쇠고, 음력 2월이면 다시 바지락을 캐러 이사를 했다가 초복에 다시 돌아오는.

"갈 때면 이불 보따리며 솥단지, 기르던 강아지 새끼까지 모두 데리고 갔어. 얼핏 보면 피난 보따리 같아도, 흥이 실린 걸음이었지."

덕분에 섬주민들에게는 '철새'라는 별명이 붙었고, 매스컴들이 취재를 올 정도로 그 풍경이 대단하였다. 그런데 7년 전 도리도가 화성군에 편입되면서 일터이자 밥벌이 섬이 통째로 날아가버렸다. 섬의 실상을 알지 못한 '책상행정' 때문이라고 한다.

지금은 같은 안산시에 속한 육도와 청도 등 무인도에 하루 뱃길을 내 굴을 따러 다녀오는 게 고작이다. 그나마도 힘에 부친 노인들은 가뭇없이 자식들에 기대 산다.

"자식 농사를 많이 지은 사람들은 그래도 낮어. 여럿이서 쪼금씩만 보태도 용돈이 되니께. 근데 나는 달랑 둘만 나아 그러도 못해. 사이도 좋았는데, 왜 둘만 생겼는가 고것을 지금까지도 모르겠어"라는 조선례 할머니. 여름이면 매일같이 길에 나와 있어 자칭타칭 성은 '노'요 이름은 '숙자'인 할머니가, 어느새 옆에 와 넣은 말 추임새다.

"노래도 있잖여. 청춘을 돌리도 하고…… 도리도를 돌리도~."

돌아오지 않는 청춘처럼, 다시 돌아오지 않는 '도리도 시절' 이야기가 한정없이 이어진다.

없는 것들과 있는 것들

"그래도 우리 섬에는 조선 땅에 하나밖에 없는 것이 있어. 풍도대극이라고, 봄이면 온 산에 발에 채일 정도로 덩이덩이 무리 지어 피지. 또 왼갖 꽃이 지천이라. 꽃 필 철이면 사진 찍는 사람들이 꽃을 따라서 들어와."

없어서 또 '없이 산' 사연들 끝에, 이장님이 불쑥 내민 꽃 이야기가 향기롭다. 지금은 봄이 아니라 환하게 올라오는 새순이나 꽃은 볼 수가 없지만, 그 뿌리가 고구마처럼이나 굵고 실해서 볼 만하다고 한다. 그러더니 다시금 불쑥, 중절모를 고쳐 쓰고는 '구경하러 가자' 며 구척장신의 걸음으로 앞장을 선다.

나물 씨앗을 손바닥에 털어서 고루고루 뿌려주느라 잠깐씩 멈추 뿐이어서, 도시내기들은 자꾸만 뒤처지는데, 오르막이 절정을 이룬 마을 끄트머리의 한 집에 멈춰서더니 "어이, 미쓰 고~ 커피 한 잔 주소." 한다. 그러자 "어서 오시오~." 하는 대답이 채송화며 봉숭아, 나리꽃들이 심어진 담장을 넘어온다. 마당에서는 성이 고씨여서 '미쓰 고'로 불리는 주인 할머니가 갓 따온 살구를 이웃 주민들과 맛보는 참이다. 꽃을 좋아하는 고 할머니의 취미 덕에 꽃 담장을 두른 마당이 고와 너나없이 드나드는 '미쓰 고네 야외다방'이다. 지금도 바람 분다고 고춧대를 묶으러 밭에 가다가, 나물 뜯으러 산에 가다가, 저녁거리로 소라 주우러 바다에 가다가, 또는 그냥 살구 터는 소리 듣고 온 이들까지 해서, 간신히 엉덩이 한쪽 괼 만한 돌멩이 방석에 '손님'이 가득하다. 매미 소리가 어찌나 큰지, 엇박자를 맞춰야 대화가 통한다.

"여기가 고향이니까, 밤에 누워 있으면 이맘때 산 속 어디어디에 뭐가 있고 뭐가 나는지 훤히 보여. 어느 돌 밑에 뱀이 있는가 없는가, 무슨 나물이 지금은 얼마큼 자랐는가 하고 말여." 살구 두어 개를 맛나게 맛본 한 할머니가, 나물 구럭을 들쳐 메더니 일어선다. "태수네 살구는 아직 안 익었는가." 하고 할아버지도 일어서고, 그제야 제가끔 할 일이 있었다는 듯 미쓰 고네 야외다방 손님들이 전부 일어선다.

마을을 지나면서부터는 뽕나무를 뒤덮은 칡넝쿨도 간섭하고, 500년 된 은행나무 옆 정자에서 바다 풍경도 내려다보고, 콩 모종을 심는 노부부와도 인사를 나누느라, 산행이 점점 더디어

까치수영, 뱀딸기, 엉겅퀴, 도라지꽃, 나리꽃 등 저마다 다른 색으로 꽃들이
수놓인 진초록 숲에 휘파람새가 음향을 더한다. 풍도대극을 비롯해서
갈기복수초, 녹노루귀, 꼬리현호색 등 외따로 떨어진 섬 중에서도
유난히 변이종이 많아 풍도는 '한국의 갈라파고스'라고 불린다. ⓒ 김영준

진다. 비탈진 밭이지만 기장, 고구마, 콩, 옥수수가 해풍과 햇볕을 고스란히 받고 있다. 이윽고 밭들을 지나니, 무성한 여름풀에 길 가르마가 지워진 산 입구다. 능선에 서자, 수평선에서부터 막힘없이 불어온 바람이 땀을 식혀준다.

"공기가 좋지? 아픈 도시사람들 여럿 살린 바람이여. 몸 아프다고 섬에 들어와 살던 사람들이 다 건강해져서 나갔으니까."

까치수영, 뱀딸기, 엉겅퀴, 도라지꽃, 나리꽃 등 저마다 다른 색으로 꽃들이 수놓인 진초록 숲에, '호오오오옷~ 찟쪼찟쪼' 하고 휘파람새가 음향을 더한다. 가시넝쿨 잎사귀들을 헤칠 때마다 뱀이 즐겨 먹는다는 뱀딸기가 어찌나 크고 새빨간지, 맨 종아리 아래 부근이 뻐근하다. 풍도대극을 비롯해서 갈기복수초, 녹노루귀, 꼬리현호색 등 외따로 떨어진 섬 중에서도 유난히 변이종이 많아 '한국의 갈라파고스'라고 불린다더니, 철이 맞지 않아 그 꽃들을 볼 수 없음에도 숲 안에 원시적인 신비가 고스란하다.

뿌리에 독을 지녔다는 천남성이 천연스레 군을 이룬 부근에서, 이장님이 땅 곳곳을 손가락으로 가리킨다. 저것들이 모두 풍도대극이라는 것이다. 시든 대궁들이 흙 속으로 스미는 중이어서, 우리들의 눈에는 그저 '아무것도 없는' 것처럼 보일 뿐이다. 얼룩 같은 부위를 헤집자, 웬만한 무보다 큰 붉은 뿌리가 드러난다. 심마니 같은 낯빛을 하고, 이장님이 묻는다.

"이것이 이렇고 실한 뿌리를 감추고 있단 말이지. 이런 뿌리 본 적 있는가?"라면서, 아무것도 없는 섬 풍도가 감추고 있는 허다하게 많은 것 중 하나를 들어 보인다.

거문도

오래 등대에 선 사람, 등대를 닮다
등대원 한봉주 소장

청년의 나이 스물넷, 나중에 알게 된 처녀의 나이는 그보다 한 살이 어린 스물셋. 길은 외길, 길의 끝에는 등대가 있었다. 청년은 여수 시내로 가기 위해 등대를 벗어난 참이었고, 그 외길의 중간쯤에서 걸어 들어오는 처녀와 마주쳤다. 낯이 섦었지만, 곱고 수굿한 인상이었다.

지금 생각해보면 그때 가던 걸음을 멈추었던 것이, 등대를 향해 가고 있는 게 분명한 그녀의 뒤를 쫓아 다시 방향을 튼 것이, 청년으로 하여금 삼십 년 넘는 세월을 등대지기로 살게 한 인연의 시작이었는지 모른다.

"처제가 제가 있던 등대와 가까운 섬의 학교 선생이었어요. 언니가 동생을 만나러왔던 것인데, 섬으로 들어가는 배가 오기까지 시간 간격이 넓었던 거라. 그래서 그사이 등대를 구경하려한 모양이에요. 그런 처녀를 내가 꼬셨지."

그이에게 등대는 오래된 아내처럼 너무 좋을 일도, 너무 못 견딜 일도 없는,
그저 '등대'다. 등탑 속 프리즘렌즈에 빛을 분사하는 일은 가깝고 먼 바다의
배들을 향해서이기도 했지만, 그 자신의 삶의 중심에 켜둔
일상의 등불이기도 했던 것이다.

공무원이라는 추임에 '멋모르고' 지원한 항로표지관리소 관리원. 등대 하나, 관리원 하나. 수평선을 마주하고 그와 등대만이 오직 수직으로 서 있어야 했던 날들이 일 년 넘어 흘렀고, 막 삶이 부표처럼 흔들리려던 찰나였다. 그때, 아내를 만난 것이다.

"쓱 보고, 어찌 눈이 마주쳐 가지고……" 하며, 회억에 잠긴 그가 스물넷 청년처럼 웃는다.

'멋모르고' 시작해, 등대와 함께 33년

지금은 보기 어려운 풍경이지만, 십여 년 전만 해도 등대에는 등대원과 그의 가족이 함께 사는 형태가 많았다. 그도 그럴 것이, 섬의 끝자락이나 고지대에 있기 마련인 등대의 위치가 '오지'와도 같았기 때문이다.

그가 항로표지관리원이 된 해가 1971년이니, 당시의 사정은 더했다. 길이 비포장인 것이야 말할 것도 없고, 수도도, 전기도 들어오지 않았다. 물은 빗물을 받아 가라앉혀서 마시고, 쌀과 생필품들은 직접 지게에 져서 날랐으며 배추와 마늘 등 부식거리를 주변 텃밭에 손수 가꾸어 먹었다. 겨울 추위가 닥치기 전에 땔감으로 쓸 나무를 하는 것도 등대원의 몫이었다. 24시간, 1년 365일. 공휴일도 없이 일 년에 10일 정도 주어지는 '연가'가 바깥세상으로 나갈 수 있는 유일한 시간이었다.

"그래도 '신혼'이니, 눈이 밖으로 안 향하고, 그냥 아내랑 나랑 등대랑 그렇게 살았지요. 그러다가 큰아이를 낳고, 둘째가 생기고, 셋째를 낳고. 남들 살듯이 살았어요. 막내 아이가 초등학교를 마칠 때까지 온 가족이 등대 곁에서 산 거죠."

산파가 제시간에 대어오기가 어려울 만큼 등대가 인가와 떨어져 있던 탓에, 첫째 아이와 셋째 아이의 탯줄을 그의 손으로 직접 잘랐다. 그토록이나 세상과 동떨어져 지냄에도 불구하고, 그와 가족들의 삶은 부족하고 불편한 채로도 살가웠다. 둘째 아이가 홍역을 심하게 앓았던 때에는, 젖은 수건처럼 힘없이 널브러진 아이를 업고 등대부터 선착장까지 2km가 넘는 거리를 뛰었다. '내가 아이를 잡는구나.' 하는 생각에 제정신을 놓칠 것만 같던 그때가 등대원이 된 것을 처음이자 마지막으로 크게 후회했던 순간이었다.

대개의 섬에 교육기관은 초등학교가 다여서, 셋째 아이까지 모두 초등학교를 마친 이후로는 아내가 아이들을 데리고 등대를 떠났다. 고등교육기관이 있는 시내로 거처를 옮긴 것이다. 아이들을 어느 정도 장성시키고 나면 다시 등대 곁으로 와서 그와 함께 지낼 계획이었는데, 어느새 그는 정년이 내일 모레인 나이가 되고 말았다. 30여 년 세월이 그렇게 간 것이다.

등대를 닮은 등대지기

소리도, 백야도, 오동도, 거문도. 여수에서 유인등대가 있는 섬은 이 네 곳이 전부다. 현재 여수해양수산청에 소속된 등대원들은 이 네 섬의 등대를 2년 단위로 거치게 된다.

"중요한 곳일수록 신호를 확연히 하기 위해 불빛이 천천히 도

선착장에서 거문도 등대까지 2km 산길은 짐을 지게로 지고 들어올 때는
숨을 턱까지 차오르게 하는 고행길이지만, 발치에 툭툭
붉은 동백꽃송이들을 떨구어주기도 한다.

는데, 여수 해역에서는 거문도 등대가 제일 느립니다. 그만큼 중요도가 큰 등대인데, 동네도 멀고, 쾌속선을 타고도 두 시간을 들어와야 하니까 인근 유인등대 가운데 근무환경으로는 제일 취약지구인 편이에요."

　그가 세 번째 다시 들어온 거문도 등대는 1905년에 세워진 유서 깊은 등대이자, 등탑의 불빛이 한 바퀴 도는 데 소요되는 시간이 15초*일 정도로 비중도 무겁다. 게다가 등대 주변이 일 년이면 3분의 1은 거센 바람에 휩싸인다. 일주일씩 짙은 해무가

---

* 대개 등대 하면 등탑의 불빛이 주변 해역을 환하게 밝히는 것으로 생각하는데, 불빛이 한 바퀴 도는 데 따른 시간으로 그 등대를 확인함으로써 배들은 해도상에 자신들이 어느 위치에 있는지를 가늠한다. 등대마다 8초, 10초, 15초 등 불빛이 한 바퀴 도는 데 소요되는 시간이 다 다르다.

끼기도 하는데, 제일 거친 바람인 남서풍이 불 때나, 해벽을 거슬러온 파도가 관리소 사무실까지 들이치는 날은 건물 밖으로 나설 수가 없을 정도다. 파시가 열릴 만큼 번성했던 옛 시절에는 근방에서 어업하던 어선들이 모두 등대 주변 해안으로 몰려들어, 거문도 등대에서 저 너머 마을까지 '배를 밟고 걸어간다'는 말이 있었다. 하지만 지금은 오가는 선박의 수도 전 같지 않고, 심지어 체험관광이라는 이름으로 일반에 공개된다. 탄생 100주년을 맞는 올해에는 일반 관광객을 위한 객사가 더욱 보강되고, 기존의 등탑 곁에 높이 55m의 새 등탑을 세우는 공사가 한창이다.

"등대에 잠시 구경 온 사람들은 연신 좋다 좋다 해요. 이런 데서 좀 살고 싶다고⋯⋯. 해서, 살아보라고 했어요. 하루를 못 견디고 짐을 싸더니 폭풍주의보 때문에 못 나가니까 발버둥을 치

더군요.”

사람들의 생각 속에서 등대는 그렇게 ‘낭만’이다. 등대원조차 근무를 시작한 지 채 한 달이 못 되어 온다간다 말 한마디 없이 등대를 뛰쳐나간 일이 있었다. 사회생활을 갓 시작해 책임감이 유난했던 청년을 한 달 만에 앞뒤 가림 없이 뛰쳐나가게 하는 것이 또 등대인 것을. 그래서 세상은 노래하는지도 모른다. ‘저 등대를 지키는 사람의 거룩하고 아름다운 사랑의 마음을’ 이라고⋯⋯

그는 산지기, 문지기 하듯 격하해서 부르는 것 같아 등대지기라는 표현도 좋아하지 않지만, 그렇다고 그 노래의 가사 같은 추킴도 싫다. 폭풍 몰아치는 날에는 주먹만 한 물방울로 창을 두드려 부수거나 날려버릴 듯 바람이 불다가도, 다음날이면 언제 그랬냐는 듯이 결 고운 수면 위에 햇살가루를 뿌려놓는다. 아직도 지게 짐을 지고 들어와야 하는 2km 산길은 숨을 턱까지 차오르게 하는 고행길이다가 발치에 툭툭 붉은 동백꽃송이들을 떨구어주기도 한다. 그래서 그이에게 등대는 오래된 아내처럼 너무 좋을 일도, 너무 못 견딜 일도 없는, 그저 ‘등대’다. 등탑 속 프리즘렌즈에 빛을 분사하는 일은 가깝고 먼 바다의 배들을 향해서이기도 했지만, 그 자신의 삶의 중심에 켜둔 일상의 등불이기도 했던 것이다.

지난해 부임해왔으니, 일 년 후면 다시 다른 등대로 옮아가야 한다. 아마도 그 등대를 마지막으로 정년퇴직을 하게 될 터이니, 이 거문도에서의 생활도 올 한 해가 전부인 셈이다.

"지금 생각해도, 많이 그리울 것 같아요. 그래도 적응을 해야 겠죠. 처음 등대를 익혀가던 옛날 그때처럼요."

산에 산 사람 산을 닮고 바다에 산 사람 바다를 닮는다더니, 이젠 어디에 서 있더라도 그 스스로 불빛 난만한 등대가 될 줄 아는 그이다.

호도

섬아이들을 키우는 것은 8할이 학교
호도분교 아이들

섬아이들을 키우는 것은 '8할이 학교'라는 것을, 호도 같은 작은 섬에 와보면 알 수 있다.

생김이 여우를 닮았대서 '호도'라는 이름을 얻은 이 섬은 포구 주변 민박집 옥상에 올라서서 시선을 한 바퀴 빙 돌리면 이내 전체가 조망될 정도의 규모다.

섬 중앙에는 '청파초등학교 호도분교'가 자리해 있다. 섬의 유일한 학교인 이곳에는 '한 개'인 것이 유독 많다. 교실도 하나요, 전화도 하나, 오르간도 하나, 구름사다리도 하나. 심지어 '교장선생님, 교감선생님도 없는데 교무실이라 이름 붙이기가 뭣해 이름이 없다'는 방은 선생님의 집무실이자 과학실이요, 때때로 손님들을 맞는 응접실로도 변한다. 일곱 명의 아이와 두 명의 선생님이 있어서, 교사와 학생 수를 합해도 한자리수를 넘지 못한다.

이슬이, 성인이, 현정이, 희용이, 채민이, 민진이, 성헌이. 아이들은 일주일 내내 학교에 온다. 평일에는 '공부하러' 오고, 휴일에는 '놀러' 온다. 급식이 이루어지지 않아 집으로 점심을 먹으러 가는데, '10분이면' 다시 학교로 돌아온다. 집과 학교의 거리가 가까워서이기도 하지만, 이 섬 안에는 학교만큼 아이들에게 '인력'이 작용하는 것이 없기 때문이다.

이슬이와 성인이는 3학년이다. 3학년에 오직 두 아이가 있을 뿐이니, 이 둘은 동급생이자 섬 전체를 통틀어 서로 유일한 동갑내기 친구인 셈이다. 그것은 각각 두 명씩인 5학년과 6학년도 마찬가지다. 그러니 아이들에게 학교는 곧 '친구'라는 등식이 선다. 더구나 지금은 뭍에서 세 명의 학생이 3주간의 교류학습을 와서 친구가 더 늘었다. 오후 4~5시면 수업이 모두 끝나지만, 집으로 돌아가지 않으려는 아이들 때문에 '온종일공부방'까지 생겼다. 이렇게 아이들은 '온종일'을 학교에서 보낸다.

저학년 중에는 여선생님인 이준희 선생님을 '학교엄마'라고 부르는 아이도 있다. 올해 초 부임해온 이 선생님은 실제로 두 아이의 엄마고, 호도분교 학생들 속에 그 두 아이가 섞여 있다. 그래서 원래 다섯이던 학생 수가 일곱이 된 것이다. 형은 그렇지 않은데, 어린 성인이는 학교에서는 선생님이라 하고 교문 앞에 위치한 관사에서는 엄마라고 부르는 것을 종종 헷갈려 한다.

이 선생님은 4학년 현정이와 5학년 희용이, 채민이를 가르친다. 3학년과 6학년 민진이와 성헌이는 김석봉 선생님이 가르친다. 퍼허허 웃으며 '낙도에 근무하면 가산점이 주어져서' 왔노

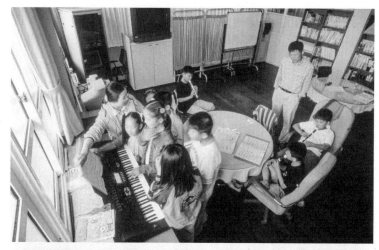

섬의 유일한 학교인 호도분교에는 '한 개'인 것이 유독 많다. 교실도 하나요,
전화도 하나, 오르간도 하나, 구름사다리도 하나. 심지어 '교장선생님,
교감선생님도 없는데 교무실이라 이름 붙이기가 뭣해 이름이 없다'는 방은
선생님의 집무실이자 과학실이요, 때때로 손님들을 맞는 응접실로도 변한다.
일곱 명의 아이와 두 명의 선생님이 있어서, 교사와 학생 수를 합해도
한자리수를 넘지 못한다.

라 이야기하는 김 선생님은, 보이는 모습도 그 말처럼 치장이 없다. 마침 본교에서 잔디를 깔라는 지침이 내려와 운동장이 모두 파헤쳐져 있었는데, 바지를 걷어붙인 민소매 차림에 삽을 들고 있는 그의 모습을 외지사람이 '선생님'으로 알아보기는 쉽지가 않다. 얼굴을 포함해 맨살이 드러난 부분은 모두 햇볕에 그을려 검디검고, 오른손 손톱에는 교실 창틀에 도르래를 달다 생긴 멍이 또 검다. '교실에서는 김 선생님이고, 교실 밖에서는 김석봉이다.' 말하는 그이 역시 아이들에게는 '학교아빠'가 된다.

다섯 아이 중에는 실제 엄마나 아빠가 없거나, 있어도 너무 멀리 있는 아이들이 있다. 점심을 먹으러 가서 유독 빨리 돌아오는 아이, 일요일에도 너무 일찍 학교에 나와 선생님으로부터 아예 교실 열쇠 하나를 받은 아이, 이 아이들에게 호도분교는 하나의 '집'이다. 오랜 '물일'로 고막을 다쳐 큰 소리로 해야 말이 통하는 할머니보다 더 대화가 잘 통하는 '학교 엄마, 아빠'가 있는 집인 것이다.

교실에서 3학년과 6학년 수학 수업이 진행될 때, 다목적 교실에서는 4학년과 5학년의 과학 수업이 진행된다. 두 학년은 나란히 맞붙은 두 개의 책상에 나뉘어 있고, 그 가운데 이 선생님이 앉아 있다. 두 명의 5학년들이 물의 온도에 따라 붕산이 녹는 정도를 실험하느라 비커에 붕산을 녹일 때, 4학년 현정이는 '식물되어보기'에 그림을 그려 넣는다. "붕산을 더 잘 녹게 하려면?" 하는 5학년용 질문에 "저어줘요"라고 현정이가 먼저 답을 하기도 하면서.

음악 시간에는 전 학년이 한 교실에 모인다. 〈박꽃 피는 마을〉 노래를 부를 때면 민진이가 피아노를 치고 채민이와 희용이는 리코더를 분다. 그러면 나머지 저학년 아이들이 손을 잡고 서서 똑같이 발장단을 맞추며 노래를 부른다. '바닷가 작은 마을, 깊어 가는 여름밤, 지붕마다 하얀 박꽃이 함초롬히 피어 있어요.' 하고.

이렇게 전 학년이 모여도 인원이 모자라, 할 수 없는 체육 종목도 많다. 운동장에서 놀 수 없는 요즘은, 더 큰 운동장인 바닷가 모래사장으로 나간다. 그곳에서 아이들은 모래로 돌고래와 거북이를 만든다. 그것들은 석양이 질 무렵, 파도 자락에 스며 바다로 나간다. 호도의 바닷물 속에는 아이들이 만든 돌고래며 거북이가 가득하다.

해변의 물 자락처럼, 호도분교에도 나고듦은 이어진다. 현재 6학년인 민진이는 내년이면 대천의 여중으로 나간다. 그곳에 하숙을 하며 중학에 다니는 오빠가 있다. 오빠랑은 재작년까지 호도분교를 같이 다녔다. 민진이는, 중학생이 되면 "조그만 셋집이라도 하나 장만해서" 오빠랑 엄마랑 같이 살 거라고 어른스런 어투로 말한다. 그때도 아빠는 호도에 남아 지금처럼 고기를 잡을 터인데, 고기잡이가 예전 같지 않단다. 밤이면 파도 소리에 섞인 부모의 근심을 자주 들어온 아이는, 동심만큼 현실을 받아들이는 관용도가 높고 깊다.

현정이 동생 민정이는 몇 번인가 언니를 쫓아 학교에 왔고 교

전 학년이 모여도 인원이 모자라, 할 수 없는 체육 종목도 많다.
운동장에서 놀 수 없는 요즘은, 더 큰 운동장인 바닷가 모래사장으로 나간다.
그곳에서 아이들은 모래로 돌고래와 거북이를 만든다. 그것들은 석양이 질 무렵,
파도 자락에 스며 바다로 나간다. 호도의 바닷물 속에는 아이들이 만든
돌고래며 거북이가 가득하다.

실까지 따라 들어왔다. 선생님들도 나무라지 않는데, 유독 언니
는 '시끄럽게 떠들고 뛰어다닌다'는 이유로 동생을 교실에 못
들어오게 한다. 한번 호되게 혼이 난 이후로도 민정이는 언니
몰래 학교에 온다. 차마 교실까지 들어가지는 못하고, 교실 가
까이에 설치된 그네에 앉아 혼자 그네를 탄다. 그러다 교실에서
창밖의 나뭇잎들이 흔들릴 정도로 웃음소리가 들려오면, 자기
도 덩달아 그네가 공중에 그리는 반원마냥 둥그마한 웃음을 짓
는다. 내년이면 이 아이가 자라는 소리를 호도분교의 교실 창
밖에서 들을 수 있을 것이다.

만재도

만재도는 당신의 꿈속에 있을 뿐이라고 했다*
섬의 마지막 잠녀들

"고생허고 오셨소." "오니라 애썼소."

선착장에서 만난 섬주민들마다 건네오는 인사가 이와 같다. 심지어 바람 센 바다에 지청구를 대신해주기도 한다. "오늘 바람이 좀 셌단 말이여."

만재도행 배는 목포항에서 하루 한 번 아침 8시에 출발한다. 흑산도를 지나 상태도, 하태도를 거쳐 가거도 다음 만재도다. 지리적으로는 가거도가 국토의 최서남단이지만, 배는 이용객이 많은 가거도를 먼저 방문한다. 때문에 페리를 타고도 5시간. 승선시간만 놓고보면 우리나라에서 가장 먼 섬이다. 오죽하면 다른 이름이 '먼데섬'일까.

게다가, 오늘 아침 따라 바람이 거셌다. 10월 말부터를 겨울

* 이생진의 시 〈만재도〉 중에서.

마을이 한눈에 내려다보이는 뒷산 중턱 비탈밭에서 '시오'를 캐고 있는 할머니들.
만재도에서만 나는 이 약초를 캐서 모아두면 한약방 주인들이 감기약 재료로
사가지고 간다. "나이 들어서 물일은 못해도 손 노릇은 할 만항께, 이라고 일하요.
이게 끝이 나야 섬을 나강께, 마음이 급허요들 시방." "아들은 와도 며느리는 안 와라.
하도 섬이 먼께. 어쩌것소? 자석손주들 볼라면 우리가 나가야제." ⓒ 안홍범

로 치니 벌써 섬의 시간으로는 겨울바다인 것이다. 선체 하부가 수상스키처럼 생겨 '떠서 가는 배'라는 경쾌한 별명이 붙은 쾌속선이, 섬까지 오는 내내 물수제비를 뜨는 듯했다. 기적소리와 함께 만재도에 내리실 분 하선하라는 방송이 나오는데, 어서 땅을 밟고 싶은 마음에 걸음이 급했다. 그런데 웬걸, 배가 선착장에 닿은 것이 아니라 연락선이 큰 배 뒤꽁무니에 뱃머리를 대려 애를 쓰고 있었다. 호들갑스레 추석이는 작은 목선이었다. 선착장 깊이가 얕아서 큰 배가 직접 닿을 수 없어, 옛 유행가 가사처럼 '연락선 왔다 갔다' 하는 것이었다.

선착장에 내려서자마자, 뚝말을 부여잡고 앉았다. 옷섶을 헤치고 들어온 할머니 약손처럼 머리꼭지와 등에 푸짐한 햇발이 쏟아졌다. 바람이 머리카락을 쓸어 넘기는데, 바닥은 다행히 흔들림 없이 단단하다. 주민들마다 한마디씩 살가운 인사까지 건네오니, 오그라졌던 몸과 마음이 느른하게 풀린다.

손가락 애리라, 발가락 애리라

"한 번씩 나들기가 그라고 힘들단 말이오. 그래도 옛날에 비하면 많이 좋아진 것이제."

밥을 먹어야 기운이 차려진다며, 더운 밥상을 내오다 말고 고말례 씨가 한 말이다. 이이는 부녀회장으로, 식당이 없는 이 섬에 손님이 찾아들면 끼니를 챙겨주는 일을 도맡고 있다. 민박집도 없어서, 흑산초등학교 분교였다가 지금은 폐교가 된 학교건물을 '펜션'으로 꾸려 섬주민들이 관리한다. 고말례 씨는 평소

ⓒ안홍범

에는 잠녀로서 물일을 하는데, 어쩌다 섬에 손님이 오면 하루 종일 펜션과 바다 사이를 바쁘게 오고간다.

"배가 하루 한 번 다니기 시작한 게 작년부텀이요. 그전에는 이틀에 한 번이었고, 더 옛날에는 한 달에 두 번이었어라. 들어오기도 힘들지만 나가기도 힘들어서, 어릴 적에는 이런 노래가 다 있었당께. 손가락 애리라, 발가락 애리라, 육지구경이나 할란다, 하고······"

그렇게 노래를 불렀는데도 행인지 불행인지 어디 애린 구석이 없어서 섬 밖 구경을 못하고 '다 큰 처녀'가 되었단다. 그러다 같은 섬 토박이 청년과 결혼을 했고, 섬에서 잠녀로 일하며 삼남매를 낳아 길렀다.

"같은 섬사람하고 결혼한다고, 어매가 그렇게 반대를 했어요. 자식은 넓은 세상 보면서 살게 하고 싶었던 것이지. 부모 되어 보니 내 맘도 한가지드랑께."

그럼, 어릴 적 한동네에서 놀던 친구랑 혼인하신 거네요, 하고 묻자 돌아오는 답이 예상 밖이다. 그땐 섬에 가구 수가 80가구가 넘고 주민 수도 많아서, 상급학교 진학을 위해 육지로 나가 있던 남편과는 처녀총각으로 만나기 전까지 일면식도 없었다는 것. 그래봐야 해안선 길이가 5.5km요, 섬의 북면은 깎아지른 절벽이라 동남쪽 비탈에 오도카니 자리한 마을 하나가 전부인데. 섬의 거리 개념이 좀 다를 수 있음을 인정해도, 영 미스터리가 아닐 수 없다.

"나서 이날 평생 이 섬에서만 살았어도, 섬이 참 좋아라. 어디

ⓒ안홍범

개린디가 없응께. 바닷가에 나가보시오. 바우가 꽃바우여."

아들은 와도 며느리는 안 오는 섬

해국이 '꽃바우'를 이루고 있다는 해안가 기암괴석을 보러 나선 걸음을, 집들마다 둘러진 돌담이 막아선다. 어느 집이고 대문이 담장 중앙에 바로 난 집이 없고, 한 팔로 감싸안은 것처럼 돌담이 에두른 끄트머리에 문이 자리해 있다. 지붕들은 돌담과 닿을 듯이 수굿하고, 그 틈새로 창문들이 두 눈처럼 빼곰하니, 해풍을 견디기 위해 사람과 집이 어떻게 협동하고 있는지를 보여준다. 섬이 나들기가 쉽지 않으니, 저리 원형 그대로 남을 수 있었을 것이다.

마을을 한눈에 내려다볼 수 있는 뒷산 중턱을 향해 오르다, 비탈밭 속에서 뭔가를 캐고 있는 할머니 세 분을 만났다. '시오'라고, 감기에 잘 듣는 약초라 했다. 캐서 모아두면 한약방 주인들이 먼데섬에만 푸짐한 이 약초를 사가지고 간다.

"이제 나이 들어서 물일은 못해도 손 노릇은 할 만항께, 이라고 일하요. 이게 끝이 나야 섬을 나강께, 마음이 급허요들 시방."

"아들은 와도 며느리는 안 와라. 하도 섬이 먼께. 어쩌것소? 자석손주들 볼라면 우리가 나가야제."

한때는 셋 모두 잠녀였는데, 칠순을 넘기고부터는 비탈밭에 약초 가꾸기로 용돈벌이하며 산다고 한다. 일찍 뭍으로 나간 자식들이 저마다들 자리 잡고 살아, 겨울 날씨가 매서운 동안에는 자식들 그늘 아래서 지내다가 봄에 다시 돌아온다. 이런저런

칠순을 넘기고부터 잠녀 일을 그만둔 할머니는 비탈밭에 약초 가꾸기로
용돈벌이를 하며 산다. 일찍 뭍으로 나간 자식들이 저마다들 자리 잡고 살아,
겨울 날씨가 매서운 동안에는 자식들 그늘 아래서 지내다가 봄에 다시 돌아온다.
ⓒ 안홍범

어느 집이고 대문이 담장 중앙에 바로 난 집이 없고, 한 팔로 감싸안은 것처럼
돌담이 에두른 끄트머리에 문이 자리해 있다. 지붕들은 돌담과 닿을 듯이 수긋하고,
그 틈새로 창문들이 두 눈처럼 빼꼼하니, 해풍을 견디기 위해 사람과 집이
어떻게 협동하고 있는지를 보여준다. 섬이 나들기가 쉽지 않으니,
원형 그대로 남을 수 있었을 것이다. ⓒ 안홍범

사연으로 자식 덕을 바랄 수 없는 노인들 두셋만 섬에 남는다는
데, 다행히 텃밭 할머니들 중에는 없는 듯했다.

뒷산 밭에서 할머니들이 약초를 캐는 동안, 마을 앞 바닷가에
서는 잠녀들의 해산물 걷이가 한창이다. 언젠가는 방금 그 텃밭
으로 자리바꿈을 할 터이지만, 봉돌 수가 적은 걸 보면 아직 십
수 년은 더 바다를 밭 삼아 일할 50대 '젊은 잠녀'들이다. 그녀들
의 잰 손놀림에, 톳, 홍합, 우뭇가사리, 해삼 등이 해변 몽돌 위
에 조르라니 널린다.

"이것이, 따는 기분도 있지만, 너는 기분이라는 것도 있단 말
이요. 물속이야 춥고 숨찬께, 이렇게 따온 걸 쫙 널어서 말릴 때
가 기분이 최고지라우." 한다. 그러더니 "안주 들고 가시오." 하
며 살아서 물을 쭉쭉 쏴대는 해삼을 손에 쥐어준다. 고마운 마
음에 해삼이 손바닥만 하네요 했더니, "우리는 발바닥만 하다
고 하는디." 하며 파안대소를 한다.

기저귀 벗으면서부터 물에 들어가 놀다가 어느 날 바구니 들
면 그때부터 잠녀가 됐다고 했다. 한때는 쉰 명이 넘었던 만재
도 잠녀들은 이제 겨우 일곱 명이 남았다. 나중에는 누가 있어
저 '너는 기분'을 전해 들을까.

만재도에 갔다온 사람도 쉬쉬했다

돌과 꽃, 서로 물성이 다른 것들이 한동아리로 어울린 '꽃바
우', 서책처럼 켜켜이 쌓여 바다 용왕의 서고처럼 보이는 절리
도 보았다. 등 너머로 황홀한 붉은 노을을 둘렀다가 벗는 저물

녘의 섬도 보았고, 하늘과 바다가 시샘하듯 하나하나 별빛과 어선의 불빛을 나누어 켜는 겨운 풍경도 보았다. 그러나 먼데섬, 만재도의 가장 큰 아름다움을 다시 본 것은 섬을 떠나올 때였다. 전날처럼 아침 8시에 목포항에서 출발했을 페리를 기다리고 있는데, 선착장에 모여 선 주민들이 들으라는 듯이 저마다 한마디씩 하는 것이었다.

"언제 또 볼 날이 있겠소 잉."

"아따 야, 날 좋다. 오늘은 바다가 장판이요, 장판. 걱정 말고 나가소."

> 만재도에 가고 싶었는데
> 마을 사람들이 오지 말라고 했다
> 아니 만재도는 아무것도 아니라고 했다가
> 아예 만재도는 없다고 했다가
> 만재도는 당신의 꿈속에 있을 뿐이라고 했다
> 만재도에 갔다온 사람도 쉬쉬했다
> 만재도를 숨기는 이유를 모르겠다
> 나도 만재도에 갔다왔으면서 만재도는 없다고 했다

시인 이생진이 쓴 시 〈만재도〉다. 어쩌면 글머리에서 만재도에 드는 일을 겁주듯 한 이유가, 시인과 같은 마음 때문인지도 모르겠다. 쉬쉬하며, 만재도는 당신의 꿈속에나 있을 뿐이라고, 그렇게 숨기고픈 마음을, 한번이라도 만재도에 다녀온 사람은 알 것이다.

볼음도

멀어서, 그리운 것들 오롯하여라
섬의 농군 전장록 씨

강화에서 배 타고 드는 섬이라 하면 내남없이 석모도를 우선 떠올린다. 또 외포리선착장에서 석모도까지 뱃길로 5분 거리이니, 강화 인근의 섬은 모두 '배를 탔는가 싶으면 내리는' 근거리로 여긴다. 그런데 여기, 한번 들어갔다 나오려면 보름 걸린다 해서 '보름도'라 불리는 섬이 있다. 서해 최북단에 위치하는 까닭에, 저 먼 남쪽지방에서부터 북상하는 봄 전선도 이곳에는 더디게 닿는다. 그래서 볼음도의 봄은 이제 막 시작이다.

800번의 봄, 800년의 사랑 이야기

볼음도 바닷가에는 은행나무 한 그루가 서 있다. 800여 년 전 수해가 심했을 때 바다에 떠내려온 것을 건져 심은 것이 오늘에 이르렀다고 한다. 나무 앞 표지판에는 가지를 다치게 하거나 부러진 가지를 태우면 목신木神의 진노를 사서 재앙을 받게 되고

볼음도의 800년 된 이 은행나무는 수나무다. 마을 사람들은 저 멀리 황해도
연백 땅에 이 나무와 똑같은 생김과 수명의 암나무 한 그루가 있어서 해마다 열매를
맺는다고 믿는다. 서로 오갈 수 없는 것이야 사람의 일이라는 듯, 각자 제자리에
붙박인 채로도 두 그루의 은행나무는 사랑을 나누나보다. 바람결에 실려오는
풍문 같은, 참 고요한 사랑이다.

끝내는 죽게 된다는 전설이 적혀 있다. 한때는 부락민들이 나무 둘레에 모여 풍어제를 지내기도 했는데, 섬에 교회가 들어오면서 주춤하다가 6·25 이후 출어가 금지됨에 따라 자취를 감추었다는 설명도 함께다.

표지판에는 적혀 있지 않지만, 이 은행나무는 수나무다. 마을 사람들은 저 멀리 황해도 연백 땅에 이 나무와 똑같은 생김과 수명의 암나무 한 그루가 있어서 해마다 열매를 맺는다고 믿는다. 서로 오갈 수 없는 것이야 사람의 일이라는 듯, 각자 제자리에 붙박인 채로도 두 그루의 은행나무는 사랑을 나누나보다. 바람결에 실려오는 풍문 같은, 참 고요한 사랑이다.

올해는 이 나무가 맞는 800번 째 봄. 유주乳柱가 주름처럼 흘러내리는 오래된 수피에도 아랑곳없이, 가지마다 연초록 어린 은행잎들이 점묘화처럼 번졌다. 곧 수꽃의 꽃가루들이 해풍에 몸을 실어 저 멀리 연백의 은행나무 암꽃에게로 날아갈 것이다. 그 상상만으로도 사방이 환해진다.

걸을수록 뚜렷해지는 섬의 윤곽

섬은 내내 고요하다. 몇 명의 승선객이 오르고 내린 선착장의 아침이 오늘 하루 일어날 수런함의 다였다는 듯. 200여 명의 주민이 산다는데, 섬을 거지반 돌아도 눈에 띄는 사람이 없다. 누구라도 만나면 팔을 붙잡고 나머지 199명은 도대체 어디 있느냐 묻고 싶을 정도다.

길들은 숲을 에두르고 있다. 도시내기에게는 산책로처럼도

여겨져 걷는 일이 선선하다. 숲속의 대기와 숲 밖의 대기가 서로 부딪쳐서 내는 휘파람 소리 같은 노루 울음소리, 꿩꿩 하고 우는 꿩, 그리고 제 이름을 부르며 울지 않아 이름을 알 수 없는 새들의 소리가 들리는 전부다. 길에서 풀숲으로, 그렇게 스르륵 사라지지 않았으면 눈치채지 못했을 황금색 뱀은 큰괴불주머니나 노랑민들레의 흔들림보다 잔영을 오래 남긴다.

논과 논 사이로도 길은 이어진다. 이미 아랫녘의 땅들은 모내기를 마쳤을 무렵인데, 아직도 이곳은 못자리에 물이 실려 있는 채다. 못자리 물치고는 수심이 깊어, 오리와 백로들을 거울처럼 비춰낸다. 천연기념물 노랑부리백로도, 천연스레 풍경의 일부를 이룬다.

"여의도 두 배만 한 크기의 섬 이쪽저쪽 끄트머리에 높이 100미터 남짓한 산이 세 덩이 솟아 있고, 그 아래 평지에는 볼음1리와 2리 두 개의 마을이 논밭을 사이로 나뉘어 있다. 선착장 옆으로는 조개골해수욕장과 영뜰해수욕장이 자리해 있다."

볼음도 안내책자에 쓰여 있던 글이다. 걸을수록, 지도 위에 선 것처럼 섬의 윤곽이 선명해진다.

섬의 토질을 닮은 인심

주로 바다에만 기대 사는 다른 섬들과 달리 볼음도는 땅이 푸져서 농업이 주를 이룬다. 60만 평이라는 수치보다, 한 해 농사에서 거둔 쌀을 주민들만 먹으면 족히 10년을 먹는다는 말이 더 실체적이다. 토질까지 좋아 이곳에서 생산되는 '섬쌀'은 강화

ⓒ 김영준

도경계 너머로까지 인기가 높다. 우렁이농법으로 재배하는 친환경쌀의 생산도 한창이다.

농사와 삶의 연관성을 드러내듯, 논의 끝자락에 마을이 잇닿아 있다. 부농이라 근대화의 영향에도 빠르게 반응했는지, 함석지붕 하나 없이 '새마을운동' 식 이층집들이 전체를 이룬다. 그런 집들 사이에 집이라고 하기엔 너무 작고, 창고라고 하기엔 별난 구조물이 눈에 띈다. 무너져 내린 처마는 나무 작대기를 받쳐서 들어올리고, 바람에 날아갈까봐 지붕을 붙들어맨 줄에 돌과 고철 같은 무거운 것들을 매달아놨다. 기웃기웃 들여다보자니, 등 뒤에서 웃음기 머금은 목소리가 덜미를 잡는다.

"거 남의 화장실은 왜 들여다보고 그런대요?"

지나던 할머니 두 분이 들려준 이 집의 정체는 거름창고 겸 재래식 화장실이다. 창고 안 돌덩이 두 개로 구분한 편편한 땅 위에 볼일을 본 뒤, 재랑 섞어서 거름을 만들어 묵히는 곳이다. 예전에는 섬 안 대부분의 집들에 다 이 같은 창고가 딸려 있었는데, 화학비료를 쓰기 시작하면서 지금은 폐가처럼 간신히 옛 태를 유지한 정도다. 안간힘을 쓰고 있는 외양에서 알 수 있듯, 이 화장실은 아직까지 두 용도로 모두 이용되고 있다 한다.

할머니들의 손에 들린 포대 속에는, 분가루 묻힌 듯 뽀얀 쑥이 담겨 있다. 논둑에서 방금 캔 것이란다.

"삶아서 떡 해먹을라고. 두 밤 자고 와요, 쑥떡 해주께."

오랜만의 인기척도 반가운데, 말조차 살갑다. 마을에 왜 이렇게 사람들이 안 보이느냐는 물음에는, 아직 바쁜 철이 아니어서 그렇다는 말이 되돌아온다. 겨울 동안 섬 밖에 나가 지내는 주민들은 농번기가 시작되지 않아 아직 안 들어왔고, 섬에서 겨울을 난 주민들은 섬 밖으로 봄나들이를 간 것이다. 새벽 5시경에 한 번, 오후 6시경에 한 번 물이 빠져나가는 사리 때인 점도 낮 동안 사람 구경이 어려운 이유다.

"이북과 가까우니 겨울이 추워. 겨울은 추워서 싫고, 여름 가을은 농사일로 바쁘고, 그러니 봄이 젤로 좋아."

섬은 바닷속에도 길을 숨기고 있다. 영뜰 해변에 물이 빠지자 갯벌 위에 외줄기 길이 드러난다. 오랜 세월 경운기로 다져진 길이니, 바다에 난 농로인 셈이다.

물이 빠지고 개흙이 드러나면 안강망이 있는 곳까지 경운기가 달린다. 조개골이 백합과 모시조개 등 이름 그대로 조개가 많이 잡히는 곳이라면, 세계 5대 갯벌로 꼽힐 만큼 광활한 영뜰의 안강망에서는 농어, 가자미와 같은 고급 어종과 숭어, 전어 등이 잡힌다.

안강망 인근까지 물이 빠져 경운기 소리가 들려오기 전까지, 영뜰 갯벌은 온전히 새들의 차지가 된다. 천연기념물인 저어새와 도요새를 포함해 서식하는 새의 종류만도 20여 종을 헤아리는데, 개흙 표면에 촘촘하게 무늬를 이룬 숱한 구멍들이 모두 조개와 게, 우렁이와 낙지 등 수많은 갯것들의 집이니, 영뜰 갯벌에 물이 빠지는 시간은 새들에게도 어부들이 안강망을 거두는 시간과 같다.

노부부는 콩, 고추, 고구마 등 작물이 심어진 밭두둑 위에 비닐을 덮는 중이다. 잡초와 강한 볕으로부터 어린 작물을 보호하기 위해서다. 아내가 한쪽 끝을 잡은 비닐을 고랑을 따라 끌고가는 전장록 할아버지는 이 섬의 토박이라 한다. 6·25전쟁 무렵 수년을 제외하고는 전 생애를 이 섬에서 보냈다. ⓒ 김영준

섬에서 어부가 아닌 농부로 살다

갯벌 길의 소실점 어딘가에 말뚝을 박고 그물을 걸어놓은 모습을 상상했는데, 오히려 뭍에서 말뚝에 걸린 그물을 본다.

"땅이 좋아서 뭐든 꽂기만 하면 잘 자라요. 달디 달재. 그러니 노루랑 꿩이 가만두질 않아. 그래서 그것들 못 들어오게 헐라고, 이렇게 헌 그물을 밭에 울타리로 쳐놓은 것이요."

노부부는 콩, 고추, 고구마 등 작물이 심어진 밭두둑 위에 비닐을 덮는 중이다. 잡초와 강한 볕으로부터 어린 작물을 보호하기 위해서다. 아내가 한쪽 끝을 잡은 비닐을 고랑을 따라 끌고 가는 전장록 할아버지는 이 섬의 토박이라 한다. 6·25전쟁 무렵 수년을 제외하고는 전 생애를 이 섬에서 보냈다.

"군대 있을 때 전쟁이 났으니까, 군인생활을 오래 한 거요. 중 공군하고도 싸우고…… 어찌나 세상이 수상하고 무섭던지, 고 향으로 돌아온 뒤로는 다시는 나갈 생각을 안 했지."

그래도 장성한 자식들은 다 뭍으로 나가 제각기 자리 잡고 살고, 부부만 섬에 남았다. 부부 모두 팔순을 넘겼지만 뭐든 '꽂기만 하면 잘 자라는' 땅이 아깝기도 하고, 물가 비싼 도시에 사는 자식들에게도 한 줌 보태줄 요량으로 해마다 밭농사를 해오고 있다.

"가을에 와요, 고구마 캐고 그럴 때. 그때 와야 푸지지, 아직은 섬이 줄 것이 없어."

시침처럼 서서히 한 두둑 한 두둑이 덮이자, 밭 그물에 해가 걸린다. 이제 하루를 마감한 노부부는 집으로 되돌아갈 참인데, 마을에서 해안으로 향하는 길 위에는 경운기 소리가 실려 있다. 바다의 밭일이 이제부터 시작인 것이다. 자리물림하듯, 영뜰 갯벌에서 새들이 일제히 날아오른다.

우도

기어이 그 바다를 살아낸 '똥군해녀'
해녀 공명산 할머니

"할머니가 공명산 할머니세요?"
아니라고 했다. 공명산 할머니는 '비양안내'에 있다고 했다.
비양안내 해녀의 집에 들어가 공명산 할머니를 다시 찾았다. 무
리 지어 있던 해녀들이 공 할머니는 '해달섬' 앞 갯바위에 있다
고 했다. 해안도로를 따라 뙤약볕 밑을 한참이나 걸어서 펜션
해달섬에 도착했다. 정말이지 해안 바위 틈새에 잘못 놓아두고
간 보따리처럼 한 사람이 웅크리고 있었다. 나이 든 해녀들이
물일 대신 한다는 우뭇가사리 채렵 중이었다. 바닷가로 내려가
"할머니, 공명산 할머니." 하고 소리쳐 부르자, 자신은 공명산
이가 아니고 명산이는 '저짝 건너'에 있다고 했다. 저짝 건너까
지, 바위와 잔돌들, 물웅덩이를 건너서 또 한 할머니를 만났다.
보말을 줍느라 수그린 등허리가, 봉우리를 우뚝 세운 우도처럼
굽 솟아 있었다. 제대로 찾았다 싶었으나, 이번에도 명산 할망

은 '저 너머'에 있다고 했다. 한 발짝 옮길 때마다 놀란 갯강구들
이 방사형으로 흩어졌고, 그렇게 요란한 무늬를 그리며 저 너머
까지 해안바위를 또 넘었다. 그곳에서도 한 번 더 기대와 실망
이 반복되자, '공명산'이라는 낯선 이름의 할머니는 세상에 없
는 것 같았다. 이름을 처음 들었을 때 절로 떠오르던 단어 '무주
공산'도 생각났다.

"내가 공명산이외다."

주인 없는 빈집 마당에서 기다려보기로 하고 찾기를 포기하
려는데, 그냥 지나칠 뻔한 할머니가 자신이 공명산이라고 했다.
검은 옷을 입은 채 검은 갯바위 틈새에서 해초를 캐는 중이었
다. 반나절을 찾아 헤맨 우도 해녀 공명산 할머니를 드디어 만
난 것이다. 부드럽고 탐스러운 것들은 다 빠져나가고 꺼풀만 남
은 듯 작은 몸피였는데, 거기서 나오는 목소리가 비현실적으로
카랑하고 우렁찼다.

열여섯에 처음 바당에 들다

"밝을 명에 뫼산이라. 사람들이 이름이 세다고 했어요. 남자
로 태어났으면 크게 될 이름인데, 여자 이름이라 팔자가 험하다
고……. 어머니가 한자도 모르고, 그냥 큰성부터(큰언니부터)
명순이, 명숙이, 명수, 명산이, 명자 이렇게 불렀는데, 호적에 올
리면서 한자가 그리됐지."

정말이지 이름이 달랐으면, 살아온 인생행로도 달라졌을까.
제주도 섬 중에서 가장 해녀가 많은 우도에서, 그것도 해녀로

대를 이어온 집에서 여자아이로 태어난 것이야 운명이라 쳐도, 이름이 달랐으면 초등학교를 마치자마자 바다에 들어간 대신 이웃집 친구처럼 진학을 했을까. '물이 추워서' 스무 살에 도망 치듯 부산 남자에게 시집을 가는 일도 일어나지 않았을까. 그 혼인에 실패하는 일도, 더 멀리 '충청도'로 두 번째 시집을 갔다 가 결국 젖먹이는 업고 큰딸은 걸린 채 혼자 우도로 되돌아오는 일도 없었을까. 이후로도 이어진 숱한 참담한 일들이 어쩌면 일 어나지 않았을까.

"국민학교 졸업하자마자 갯바닥으로 나갔어. 미역 따러 다니 고, 보말 줍고…… 보리밥 한 끼도 제대로 못 먹을 때였으니까 아이들이 쪼그매도 다 일을 했지. 열여섯 살에 처음 바당(바다) 에 들어가 물일을 시작했어요. 할머니도 해녀였고 어머니도 언 니들도 모두 해녀였으니, 당연히 나도 해야 하는 줄 알았어. 당 시엔 마을 어른들이 '우도에서 해녀 안 하면 그게 무슨 여자게?' 그랬으니까."

30kg을 겨우 넘는 지금의 몸무게와 별다를 바 없었던, 마르고 어린 몸이었다. '고무옷'*이 나온 지가 대략 20여 년 전이니, 무 명으로 만든 '소중이'에 '눈'이라 부르는 수경이 차림새의 전부 였다. 고무옷 덕분에 지금은 일고여덟 시간도 물일을 하지만, 소중이 차림으로는 체온이 내려가서 30분 이상 물일을 할 수가

* 해녀들이 물일 할 때 입는 잠수복.

해녀였던 어머니의 유품인 낡은 구덕 밑바닥에 나일론 줄을 덧대면서
"이거 다 되면, 나도 다 될끼다." 한다. 얼기설기 엉킨 줄과 손등이
서로 닮아 애달프다.

없었다. 바다에서 나와 갯바위 '불턱'*에서 불을 쬐어가면서 일을 했다. 섬에 나무가 없어서 마른풀을 베어다 피우곤 했으니, 몸을 데우기도 전에 쉬 사그라지는 불이었다.

"나는 바당이 너무 추운 거라…… 물일이 너무 싫은 거라……"

스무 살에, 중매 들어온 '부산 남자'에게 시집을 가기로 마음 먹은 건 그 때문이었다. 어딘지 미덥지 않은 신랑이어서 섬을 떠나기 전날까지도 '헛일하러 가나보다.' 하고 불안했지만, '도시'로 가면 더 이상 물일을 하지 않아도 될 것이었다.

그러나 불안한 예감은 틀리지 않았다. '부산 남자'는 직장도 없는 가난뱅이에 술주정뱅이였고, '바다에서 물질시켜 빌어먹으려고' 일부러 해녀와 중신을 든 못난 사내였다. 부산 앞바다에서 물일을 해서 자갈치시장에서 해산물 행상을 하는 고된 나날이 이어졌다. 결국 몇 달을 못 버티고, 도망치듯이 고향 우도로 되돌아왔다. 우도의 바다로 되돌아온 것이다.

다시 우도 바다를 떠난 것은, 목돈을 벌 수 있단 희망에 충청도로 '원정물질'을 가면서였다. 태안반도 만리포, 삽교천, 인천의 백령도, 연평도 등 먼 지역 바다로 제주의 해녀들이 부려지던 때였다. 잠깐 동안의 원정일 것이라 여겼는데, 그때 나선 걸음이 꼬박 10년의 '객지 생활'이 되고 말았다. 우연히 만난 '충청도 농부'와 새로 신접살림을 차린 것이다. 이미 한번 혼인했

* 갯가 언덕이나 바위를 의지 삼아 돌로 지은 원형의 겹담으로, 해녀들이 물일을 마치고 옷을 갈아입거나 불을 쬐며 몸을 녹이는 장소.

"나는 해녀 중에서 '똥군' 해녀였어요. 우두머리 해녀를 대상군, 그다음을
상군, 중군, 하군이라 부르는데, 똥군은 하군 중에서도 제일 아래야. 얕은 데만
들어가서 소라 잡고…… 안 좋아하는데 하니까, 깊이를 못 들어간 거야."

던 몸이라, 두 번째 남자와는 혼례식도 혼인신고도 하지 않았다. 사이에서 딸 둘을 얻었고, 잠시 잠깐 행복이라는 것도 느꼈다.

하지만, '저승에서 벌어서 이승에서 쓴다'고 할 정도로 극한 환경에서 생업을 이어온 제주 해녀와, 무르다 싶을 정도로 착하기만 한 충청도 농군의 부부살이는 오래가지 못했다. 사방이 물로 막힌 섬보다, 훤히 뚫린 논밭이 끝없이 이어지는 땅이 더 답답한 것도 한몫을 했다. "호적이 깨끗하니, 이녁은 새 여자 만나 다시 혼인해서 잘 살아라"는 말을 끝으로, 두 딸을 데리고 우도로 돌아왔다. 떠나올 때 한 말 그대로 되었음은, 나중에야 전해 들었다.

다시 돌아온 고향 바다

두 번째로 돌아온 고향 바다는, 그러나 그녀를 받아주지 않았다. 거주자가 아니니 어촌계에 '해녀'로 입적이 안 되어, 물질을 할 수 없었던 것이다. 입적에 드는 비용이 너무 커서, 이러지도 저러지도 못하는 상황이 오래 이어졌다. 어머니가 고향집을 지키며 물일을 계속하고 있었지만, 어린것들까지 늘어난 입들을 '늙은 해녀 어미'에게만 의지할 수가 없었다. 마을에 '너른굼*에 일본 병정 구신이 난다'는 소문이 돈 것이 그때다. 너른굼은 해방되던 무렵 죽은 일본 병사들의 유골이 갯바위 사이에서 자주

---

* 우도 해안가의 갯바위 주변 지명.

발견되어, 마을 사람들이 낮에도 들기를 꺼려 하는 곳이었다. 밝을 때 너른굼 주변의 갯것들을 봐두었다가 밤새도록 손전등을 비추며 채취를 하는 그녀의 전등 불빛을 그렇게 오인한 것이다. 겁이 없는 것도 아니었지만, 죽은 '구신'보다 산 입들이 더 겁나던 시절이었다. 마흔세 살 되던 해에 230만 원을 주고 입적해 '비양동 해녀' 자격증을 얻을 때까지, 그렇게 몇 해를 구신으로 살았다.

"애기 키우려고 그리했는데, 다 실패했다…… 어린거는 생각 안 나는데, 큰 거는 지금도 생각이 나요. 생각이 많이 나."

섬에 갓난쟁이로 업고 들어왔던 작은 딸을 겨우 두 살배기로 잃었다. 거꾸로 잠수하니 위가 차면 토하기 일쑤여서 늘 배를 곯고 물일을 하던 '빈속'에 커다란 구멍이 뚫리는 것 같았다. 그래도 '큰 거'가 있어서, 딸만큼은 해녀로 안 키우고 공부시킨다는 보람에 그 허망을 견디고 다시 살 수 있었다. 갓물질*에서 뱃물질**까지 가림 없이 '바다를 살던' 그때가, 돌이켜보면 '해녀 공명산'의 전성기였다.

그런데, 작은 너울 뒤에 큰 파도 일듯이 더 큰 허망이 찾아들었다.

"큰 거이를 다 키웠는데, 제주대학교까지 나와서 직장생활도 시작하고 그래 잘살 줄 알았는데, 스물다섯 살에 제주경찰서 뒤

---

* 바닷가에서 하는 물일.
** 배를 타고 먼바다로 나가서 하는 물일.

에서 뺑소니차에 치여 죽어버렸어. 다 키웠는데……"

참척이 얼마나 크던지, 무엇도 할 수가 없었다. 잠든 동안만 이 잊을 수 있어서 잠들기 위해 술을 마셨고, 그렇게 든 잠이 깨면 다시 술을 마셨다. 꼬박 2년여를 '같이 죽은 듯이' 살자, 바다에서 가족들을 잃은 동병상련의 섬사람들이 이제 그만 정신을 챙기라고 축난 몸을 부축했다.

더 이상 잃을 게 아무것도 없는 '홀몸'이었고, 이후로 섬에서 죽 그렇게 혈혈단신 홀로 살았다. 마당의 빨랫줄과 담장 너머 수평선이 나란히 평행선을 긋는 비양동의 낡은 집에서 '공명산 할머니'로 불리게 될 때까지.

"뭍에서 쉬는 숨만큼이나 익숙한 게 '물숨'이니까, 바다에도 다시 들어갔지."

누구의 아내도 어미도 아닌, 우도에서 제일 흔한 '해녀'만이 이름 앞에 붙는 유일한 수식이었다. 그마저도 몇 해 전 허리를 다쳐 '척추수술'을 받은 뒤로는 옛 시절의 호칭이 되었으니, 이제는 홀로 바다밭 대신 집 옆에 작은 땅콩밭을 일구고, 해안가 갯바위에서 해초나 보말을 줍는 것이 유일한 일이자 소일거리다.

똥군해녀의 바다

"나는 해녀 중에서 '똥군' 해녀였어요. 우두머리 해녀를 대상 군, 그다음을 상군, 중군, 하군이라 부르는데, 똥군은 하군 중에서도 제일 아래야. 얕은 데만 들어가서 소라 잡고…… 안 좋아하는데 하니까, 깊이를 못 들어간 거야."

그러고는 말끝에 "내세울 만한 해녀도 아닌데, 왜 날 찾아왔어……"라고 혼잣말처럼 묻는다. 비록 똥군이었다 자칭해도, 목소리만큼은 대상군만큼이나 카랑하다. 수압을 견디며 해온 오랜 물일에 귀가 어두워져서 그런 것이니, 해녀가 틀림없다. 세상 어떤 바다보다도 깊고, 어둡고, 차고, 먹먹한 '바다'를 기어이 '살아낸' 똥군……. '해녀의 섬' 우도에는 '똥군해녀 공명산'이 산다.

굴업도

일상의 힘으로 섬을 '지키다'
'굴업도민박' 서인수 최인숙 씨 부부

둥그런 두리반에 간장게장, 미역초무침, 우무묵, 취나물, 머위장아찌, 열무김치가 차례로 놓이니 저절로 젓가락에 손이 간다. 연이어 삶은 고동에 초고추장이 곁들여지고 돌김구이까지 날라져오면 행여 바람에 날아갈 새라 김을 핑계로 이 반찬 저 반찬을 지범거리게 된다. 더운 김을 뿜으며 갓 지은 밥이 오르고 마지막으로 큼지막한 대접에 담긴 민어탕이 날라져와 상 가운데에 놓인다. 이쯤 되면, 아무리 점잖은 체면이라도 상 앞으로 바짝 엉덩이걸음을 걷지 않을 수 없다. 노상 벌어지는 '굴업도민박' 밥상 앞 풍경이다.

모두 주인장 부부가 굴업도 앞바다에서 잡거나 딴 꽃게, 민어, 홍합, 고동, 자연산 김과 미역이요, 텃밭에서 손수 길러내거나 산에서 채취한 취나물, 머위, 오이, 호박이다. 고춧가루며 파 같은 양념 등속은 물론이고 김에 바른 고소한 들기름도 들깨농사 지어서 직접 짠 것이니, 아무 데서나 쉬 만나기 어려운 상차림이다.

"콩나물을 몇 달 만에 봐서, 귀한 거라 무쳐서 손님상에 낸 적이 있어요. 다른 반찬 그릇은 싹 다 비웠는데 콩나물만 그대로 남기셨더라구요."

안주인이 들려주는 '콩나물' 사연에, 민박 손님들의 웃음보가 터진다. 도시에서야 흔하디흔한 게 콩나물 밑반찬이지만 여기에서는 육지에 나간 이웃이 선물로 사다주면야 맛볼 수 있는 귀한 먹거리라니, 이곳이 섬이라는 사실이 새삼스럽다. 그것도 덕적도를 거쳐 배를 두 번 갈아타야 들 수 있는, 홀수 날이면 멀리 문갑도를 에돌아 운행되니 뱃길로 세 시간이 족히 걸리는 '먼 섬'인 것이다.

하늘이 준 '선물' 같은 섬

"식재료의 대부분이 굴업도에서 난 것이에요. 홍합 따고 고동 줍고 꽃게 잡고…… 봄가을에 재료의 대부분을 준비합니다. 겨울에는 청미래 뿌리나 칡 같은 약초 캐고…… 날 맑으면 맑은 대로, 안개 끼면 안개 낀 대로 할 일이 다 있어요. 물때 맞으면 바다로 가고, 아니면 산에 가고 밭에 갑니다."

'굴업도민박' 주인 서인수 씨. 사계절 일 이야기를 하는 동안에도, 손님 밥상에 올릴 오골계 알을 가지러 뒤꼍으로 사라지거나 태양초를 뒤집기 위해 마당을 벗어나곤 한다. 얼마 전에는 집에서 기르는 개 '세미'와 '심통'이 부부가 새끼를 일곱 마리나

"아내 따라서 처음 굴업도라는 데를 왔는데, 어떻게 이렇게
이쁜 섬이 있나 첫눈에 반했어요. 이 사람 처녀 때 보고 첫눈에
반했을 때처럼요. 많이 가보진 않았지만,
어디에도 이런 섬은 없을 거예요."

낳았으니 오고 가는 동선이 더 늘었다.

"예전에 사슴을 길렀어요. 그놈들이 울타리를 넘어가버리는 바람에 지금은 섬에서 야생 사슴으로 살아요. 개체수가 늘어서 농사를 망치니까, 사람들 발길이 뜸한 겨울에는 사슴사냥을 합니다. 그때 세미와 심통이가 사슴몰이를 해요. 아주 영리한 양치기 개들이에요."

그러면서 어느새 개집으로 가 안팎을 물청소하고, 이제 갓 젖을 떼려는 새끼들을 한 마리씩 꺼내 사료를 먹인다. 그때마다 마당에서의 대화가 끊겼다 이어졌다 하는데, 물색 모르는 어린 강아지들까지 사방으로 이리저리 흩어지니 이만저만 수선한 것이 아니다. 새끼들이 사료를 먹는 동안에는 젖 먹이느라 시달린 세미를 산책시키기 위해 바닷가로 사라지더니, 돌아왔나 싶다가는 저도 가겠다며 심통을 부리는 심통이를 데리고 또 사라진다.

"여긴 섬이니까 원래는 개들을 산으로 들로 맘대로 쏘다니게 풀어놓고 기르는데, 여름엔 진드기 때문에 못 풀어놔요. 그래서 저렇게 매일 운동 겸 산책을 시켜줘요."

이야기 도중 사라진 남편 뒤에 망연히 서 있는 모습이 안되었던지, 텃밭에 다녀온 길인 듯 손에 호박을 든 아내 최인숙 씨가 다가와 말을 잇는다. 최인숙 씨는 굴업도에서 태어난 토박이 섬 주민으로, 전북 고창 출신인 남편과 굴업도의 인연을 이은 장본인이다.

아이가 학교 때문에 먼저 섬을 나가고, 엄마가 따라 나가고,

아빠가 뒤따라 나가고…… 이렇게 해서 젊은 주민들은 모두 나가고 노인들만 남는 게 섬의 현실. 인숙 씨도 섬에 하나뿐이던 분교 초등학교를 마치고는 인천으로 유학을 갔고 상급학교들을 차례로 졸업한 후 도시에서 직장생활을 했다. 마당 수돗가에 쪼그리고 앉아 채소들을 씻으며 이야기를 하는 통에, 물살이 셀 때면 말소리가 물소리에 가려진다. 직장생활을 하다가 친구의 오빠인 지금의 남편 서인수 씨를 만나 스물두 살 때 결혼을 했다.

"'우산속'에서 만났어요."

진짜 우산인 줄 알았더니, 친구가 자기 남자친구를 보여주겠다며 데리고 간 '고고장' 이름이 우산속이었다. 남자친구인 줄 알았던 청년은 알고보니 친오빠였고, 그때 여러 명의 친구가 함께였는데 오빠는 콕 찍어서 인숙 씨에게 데이트 신청을 했다.

한창 이야기가 흥미진진해지려는데, 이번에는 아내도 덩달아 바구니를 챙겨 창고로 사라지더니 이내 마늘 한 바구니를 담아들고 나온다. 마늘 서너 알을 까는 동안 신혼생활 이야기가 지나가고 다시 네댓 알을 까는 동안 엄마를 닮아 콧대가 서늘하게 높은 아들이 태어난다. 부부는 맞벌이로 돈을 모아 염소와 사슴을 사서 굴업도로 보냈고 섬에 살던 남동생 내외가 그 염소와 사슴들을 키웠다. 섬으로 들어온 사연을 이야기할 즈음에는 깨끗이 까인 흰 마늘이 바구니에 수북하다.

"남동생 가족이 조카 공부 때문에 섬을 나오게 됐어요. 섬에 염소들이랑 사슴들을 누가 돌볼 사람이 없는 거예요. 그래서 저

"섬에서는 놀고는 못 살아요 갑갑해서. 뭐라도 일을 해야지요."
"그렇게 움직이고 부지런히 일하면 뭐든 얻어요."
어느새 수돗가에 나란히 쪼그려 앉은 부부가 누가 먼저랄 것 없이 한 말이다.
물론 손 넷이 이번에는 꽃게를 씻느라 쉼없이 움직이는 채다.

희 부부가 들어오기로 결심을 했지요."

그렇게 섬에 들어와 정착한 것이 2005년이다. '어릴 때만 해도 100여 명이 넘던 주민들이 살던 섬이었다'는 말과, '지금은 일곱 가구 20여 명의 주민이 산다'는 말 사이사이에, 인숙 씨는 또 창고를 들랑날랑 식재료들과 플라스틱 통들을 날라온다.

사슴들이 울 밖으로 도망치는 바람에 섬에서 먹고 살 다른 일거리가 필요했고, 그렇게 해서 민박을 치기 시작했다는 이야기가 이어진다. 살림집을 고쳐 민박집으로 꾸리고, 마당에는 평상을 놓았다. 평상 가에는 회화나무를 심어 그늘을 만들었다.

"바닷가에서 불가사리를 주워다 거름으로 줬더니, 길가의 수령 같은 회화나무보다 크며 그늘이 두 배예요." 언제 왔는지 모르게 곁에 온 남편이 회화나무 그늘 자랑을 거든다. 여름에는 가족 단위로, 봄가을에는 산악회나 낚시동호회 같은 단체 손님들이 찾아와 그 그늘 아래 깃든다. 방을 많이 만들면 손님을 더 받을 수도 있겠지만, 방은 딱 네 개만 운영 중이다. 부부가 살뜰히 챙길 수 있는 수량이 꼭 그만큼이기 때문이다.

"섬에서는 놀고는 못 살아요 갑갑해서. 뭐라도 일을 해야지요."

"그렇게 움직이고 부지런히 일하면 뭐든 얻어요."

"생각해보면, 굴업도는 하늘이 주신 선물 같은 섬이에요."

어느새 수돗가에 나란히 쪼그려 앉은 부부가 누가 먼저랄 것 없이 한 말이다. 물론 손 넷이 이번에는 꽃게를 씻느라 쉼없이 움직이는 채다.

대기업이 '통째로' 섬을 사다

"아내 따라서 처음 굴업도라는 데를 왔는데, 어떻게 이렇게 이쁜 섬이 있나 첫눈에 반했어요. 이 사람 처녀 때 보고 첫눈에 반했을 때처럼요. 많이 가보진 않았지만, 어디에도 이런 섬은 없을 거예요."

기암절벽 위에 수크령이 바람에 하늘거리는 너른 초지는 굴업도만의 풍경이다. 해안선을 따라 소사나무 우거진 숲이 흐르고, 너머에는 유난히 입자가 고운 모래가 사막처럼 펼쳐진 언덕도 있다. 들판에는 엉겅퀴와 금방망이꽃이 자라고 그 위를 왕은점표범나비가 날아다닌다.

그런데 이렇게 아름다운 굴업도의 자연 풍광에 반한 눈이 서

인수 씨만은 아니었다. 섬에 들어와 공들여 집을 지은 이듬해, 모 대기업이 그만 섬을 '통째로' 사다시피 한 것이다. 해안 언덕을 부수어 골프장을 만들고 콘도미니엄과 위락시설을 짓는 대규모 '관광단지' 조성이 목적이었다.

외지인들이 소유하고 있던 섬의 지분 등 외부에서부터 사들이기 시작해 섬에 거주하고 있던 주민들의 땅까지 굴업도의 98%가 순식간에 대기업의 소유가 되고 말았다. 그러자 마을 주민들은 개발에 찬성하는 주민들과 반대하는 주민들로 갈리었다. 작은 섬마을이었기에 더 의지가지하고 살았던, '나라에서 가장 작은 마을'* 주민들이 개발 반대와 찬성으로 의견이 갈리어 서로 얼굴도 안 마주칠 정도로 반목하게 된 것이다.

"섬을 잃은 것도 마음 아프지만, 사이좋던 시절을 잃은 게 더 속상해요."

"생업도 문제였지만, 해안가의 바윗돌 하나까지 추억이 밴 고향인데 그것들이 통째로 파헤쳐지고 사라진다 생각하면 잠이 오질 않았어요."

인간의 것만도 아니고 당대의 것만도 아닌 섬의 자연을 함부로 파헤치려는 거대자본의 무도함 앞에 부부는 한없이 무력했다. '이장'직을 맡아서 주민들의 뜻을 모아보려고도 했고, 관청에 항의도 해보았다. 또 섬의 사연을 외부에 알리느라 빈번한 뱃길 나들이를 마다하지 않았다. 점차 섬으로 환경단체가 들어

---

* 행정구역상 이름인 '굴업리'는 법으로 정한 우리나라 '리' 가운데 가장 작다.

오고, 문화예술인들이 연대해 섬을 지키기 위한 운동을 펼치기 시작했다. 전에 없이 한꺼번에 수십 명의 손님을 맞는 일이 낯설고 고되었지만, 그때마다 부부는 깨끗하게 정돈한 잠자리와 정성스레 지은 더운밥을 섬에서 나는 식재료들로 만든 반찬과 함께 그득히 지어냈다. 회화나무 그늘진 평상을 내주었다. 굴업도에 들어와 이 섬의 아름다운 자연을 보고 좋은 기억들을 가지고 간 사람이라면 굴업도를 잊지 않을 것이고 그것이 굴업도가 한 기업과 특별한 소수의 사람들을 위한 섬이 아니라 누구나 나들 수 있는 섬, 그리고 부부가 살아가는 일상의 섬이 될 수 있을 것이라 믿기 때문이다.

대기업으로부터 간신히 골프장은 조성하지 않겠다는 약속을 받아냈지만, 굴업도의 상황은 여전하다. 그래서 부부의 하루는 오늘도, 잠시 앉아 허리 펼 틈 없이 바쁘다. 엎드릴 굴屈 일 업業. 사람이 엎드려 일을 하는 형상에서 생겨났다는 섬의 이름값을 둘이서 모두 해낼 것처럼.

"이대로만, 그저 지금 이대로만 살 수 있으면 좋겠어요……"

다시금 누가 먼저랄 것 없이 나란한, 부부의 말이다.

소무의도

시보다 더 시 같은 생애 지천이다
김해자 시인과 '시 안 쓰는 시인들'

오늘은 섬마을에 '글쓰기 교실'이 열리는 날입니다. 교실은 노인정이
요, 학생들의 나이는 평균 77세. 연필 대신 저마다 긴 지팡이를 짚고 오
셨습니다. 갯벌에서 소라 잡다 오고, 산밭에서 도라지 캐다 오고, 당산
벌초하다 오고, 동쪽마을에서 재 넘어오고, 서쪽 마을에서 고추 밭에 약
뿌리다 약통 지고 올라왔습니다. 반장은 94살 윤희분, 반장답게 수놓아
진 빨간 꽃신 어여쁘게 신고 오셨습니다. 오늘은 시 쓰는 시간, 평생 다
써버려서 몽당연필이 된 손대신 훈김 나는 입으로 시를 씁니다.

소무의도에서 '섬마을 글쓰기 교실'을 꾸려온 김해자 시인의
글이다. 수년 전의 일이지만, 그 정경이 어떠했을지가 눈에 선
하다. 그렇게 소라 잡다 도라지 캐다 지팡이 짚고 약통 지고 온
할머니 할아버지들은 글을 모르는 분들이 많았다. 안다 하더라
도 뭔가를 쓴다는 것이 익숙하지 않았기에 직접 시를 쓸 수 없

었다. 하지만, 그이들의 구술을 글자로 옮기자 그것이 그대로 '시'가 되었다. 섬에는 '시보다 더 시 같은 생애가 지천'이었고, 그들은 모두 '시 안 쓰는 시인들'이었다.

김해자 시인과 함께 2016년 여름 끝자락에 소무의도를 찾아 들었다.

4년 만에 다시 찾아간 소무의도

인천 잠진도 선착장에서 뱃길로 5분 거리인 무의도. 무의도 와 소무의도 사이는 바다를 가로지르는 다리로 연결되어 있다. 2017년에는 무의도까지 연륙교가 놓인다니, 배가 제자리에서 방향만 튼 것 같은데 벌써 섬에 도착했다는 이 배의 운항도 곧 사라질 풍경이다.

"고향수퍼에 들러서 과자부스러기라도 사야 하는데, 고향수 퍼가 그대로 있겠지요?"

배 안에서 소무의도 쪽 방향으로 먼 눈길을 보내며 김해자 시 인이 묻는다. 딱히 답을 얻기 위한 질문이 아니라, '고향수퍼'가 그대로 있기를 바라는 주문처럼 들린다.

왜 편치 않은 몸으로 먼 데서부터(그녀는 40대에 뇌출혈로 큰 수술을 받았고, 그때 서울을 떠나 전주로 이주했다) 이 섬을 나들었는가 묻고 싶었으나, 묻지 않기로 한다. '전태일 문학상' '백석 문학상' '이육사 문학상' 등 그녀가 수상한 상들의 이름에 서, 무엇보다 그녀의 시들에서 이미 답을 들은 때문이었다.

"김숙희 할머니…… 내가 섬에 들어가면 저 멀리서부터 파리

인천 잠진도 선착장에서 무의도까지 5분 거리인 뱃길. "배 몇 척만 나란히 줄지어
서면 징검징검 건널 수 있을 것 같지요?" 김해자 시인의 말이다. 그러고는 대답을
기다리지 않고 혼잣말을 잇는다. "저도 처음 이 섬에 올 땐 그렇게 생각했어요······"
그 말이 어떤 의미를 담고 있는지는, 무의도를 돌아 나오려 할 때서야 깨달았다.
갑자기 내린 강풍주의보로 배가 끊겼고, 배가 끊기자 길도 끊겼다.

채를 든 채 춤을 추면서 반기곤 하셨어요. 건강하시겠죠?" 소무의도로 드는 다리를 건너면서도 김 시인의 주문은 이어진다. "온다온다 하면서, 이제야 왔네……" 하는 혼잣말까지.

다리를 건너 섬자락에 닿았지만, 시인의 눈은 아직도 두리번거리며 소무의도를 찾는 중이다. 인도교가 개통되고 누리길이라는 이름의 산책길까지 생기자, 나드는 관광객들이 많아졌다고 했다. 다리 주변과 마을 입구에 카페와 펜션 등이 늘어나면서, 김 시인이 나들던 서너 해 전 풍경을 지워버린 것이다. 다리를 건널 때만 해도 잔잔하던 그녀의 발걸음이 다급해졌고, 뒷모습을 보이는가 싶더니 이내 해안도로에 면한 마을 골목 속으로 사라졌다.

"고향수퍼가 있어요. 저기, 고향수퍼가 있어요."

탄성에 가까운 목소리를 쫓아서 좁장한 골목을 따라 들어가자, 일반 가정집에 상업용 간판을 매단 고향수퍼가 있었다. 평상에 앉으면 바다가 내다보이던 집이었다는데, 해안을 따라 새로 솟은 건물들 뒤에 가려진 것이다.

그렇게 뒤안길로 밀려났지만, 고향수퍼에는 그래도 여전한 것들이 있다. 출입문을 등지고 길가 쪽을 향해 앉아 있는 슈퍼주인 정춘자 할머니와 마실 나온 양 마주 앉아 있게 마련인 동네 주민들. 지금은 김상월 할머니가 함께 있다가 김 시인을 먼저 알아보고는 의자를 박찬다. 아이고 얼마만이야? 다리는 괜찮으세요? 왜 이렇게 살이 빠졌어…… 두서없는 안부가 오고가고, 덥석 잡았던 손들이 등짝을 문지르고 어깨를 토닥이고 얼굴을 쓰다듬느라 또 분주하다. 그 소동에 슈퍼 할머니가 기르는 고양이가 튀어 오른다. 섬 고양이답게 그물용 나일론 줄 목걸이에 매단 릴낚시용 방울을 쩔렁이면서.

어떻게 살아냈나 싶은 섬살이

너울처럼 한없이 이어질 것 같던 대화는 검은 비닐봉지에 과자들을 담으면서야 끝이 난다. 김숙희 할머니, 윤희분 할머니, 유보선 이장님 등 아직도 시인에게 안부가 궁금한 섬주민들이 많이 남아 있는 때문이다. 봉지를 들고 마을 깊숙이 언덕을 오른다. 마을이라고 해야 20여 가구, 30여 명의 주민이 전부다. 그나마 몇 년 사이 몇 분이 세상을 등졌다. 그 소식을 전해들을 때는 섬에 든 내내 웃음 많던 김 시인의 얼굴이 어둑해지곤 했다. 들어올 때 쨍쨍하던 햇살이 구름에 가려져, 마을도 따라서 어두워졌다. 바람까지 거세지니, 변덕 세다는 섬 날씨가 그대로 드러난다.

"섬은 바람이 세서, 갯꽃, 갯무 다 작고, 심지어 파리도 작아요. 그런데 이뻐, 생생하게 살아 있어."

바람에 맞서 언덕을 오르느라 가쁜 숨을 내쉬면서, 시인이 말한다.

새로 지은 건물들을 제외하곤 반듯한 집이라곤 하나도 없어서, 골목들은 여간만 삐뚤빼뚤한 것이 아니다. 다리가 놓이기 전까지 풍선이라 불리는 돛단배를 거쳐 작은 도선이 뭍과 이어지는 유일한 길이었으니, 섬은 긴 세월 내내 물자가 귀하디귀했

"언제 또 와?" 문턱 앞에 서서 묻는 김숙희 할머니의 물음에,
시인은 이렇게 답했다. "속으로 다짐 있어도, 약속을 못해요,
나도 나이가 있어서 어머니……" '헛된 희망'의 횡포를 알기에,
다시 온다는 기약을 마주 잡은 손을 꼭 쥐는 것으로 대신한 시인이었다.
그랬던 그녀가 마당에서 고추씨를 쓸어담던 섬의 최고령 주민
윤희분 할머니를 만났다 헤어질 때 같은 질문을 받고는 그예 허물리고 만다.
"또 올게요. 잘못했어요. 꼭 또 다시 올게요."

"문맹이기 때문에, 더 몸으로 기억해요. 글을 못 읽으니 자꾸자꾸 되새김을 해서,
머릿속에 잘 정돈된 서랍이 층층이 있는 거 같아요. 어느 서랍을 열어도
기억이 또렷하지요. 이분들이야 말로 걸어다니는 박물관인데……"
시인은 그 기억들이 사라져감을 안타까워한다.

다. 살림살이가 늘어나거나 자식이 늘 때마다 섬 안에서 구할 수 있는 자재와 폐품으로 얼기설기 이리 덧대고 저리 덧대어, 집들 사이 골목이 뾰족하게 각을 바꾸었다.

김 시인이 섬에 들면서부터 안부를 궁금해 하던 김숙희 할머니의 집도 그렇게 여기저기 집의 모서리들에 찔린 후에야 닿을 수 있었다. 시인과 할머니는 낮은 천장 아래서 서로를 안은 채 오래도록 서 있었다.

"시인이 뭔지는 모르고, 글을 쓰는 사람이라기에 입춘대길 같은 그런 글씨를 쓰는 사람인 줄 알았지 처음에는…… 이 사람을 만난 그때 적에는, 얘기를 할 수 있어 좋았어. 아무도 모르고 나도 잊어버린 얘기들이 줄줄 나왔으니까."

스무 살에 낳은 첫아들, 연이어 낳은 둘째 아들을 무슨 병인지도 모른 채 치료 한번 못해보고 저세상으로 보낸 아픈 속내를 꺼내 보인 것도 김 시인 앞에서였다. 세 번째로 얻은 아들은 조금만 아파도 무조건 병원으로 내달려 뛰었는데, 뱃길이 끊긴 밤 시간에 탈이 나면 이러지도 저러지도 못한 채 밤새 마음을 졸였다. "해 뜨면 가자, 해 뜨면 가자." 어르고 달래었지만, 날이 밝아도 해가 뜨지 않고 풍랑이 거세면 사방이 물인데도 속이 바작바작 타들어갔다. 그렇게 이 섬에서 두 자식을 먼저 보내고, 좁은 땅을 붙여서 일곱 명의 자식을 길러냈다. 돌이켜보면, 어떻게 살아냈나 싶은 섬살이, 애옥살림이었다.

"나는 속상하다, 그러면 노래를 불러요. 젊어서는 꽤 잘 지절거려댔어. 비 오는 날, 시어머니가 술 잡숫고 취해서는 그릇들을 막 던져. 그때도 포대기에 애기를 들쳐 업고는, 비 뚝뚝 떨어지는 초가 처마 밑에 서서 바다를 보면서 노래를 불렀어. 살며 살며, 힘들 때마다 불렀어. 아랫집에 사촌시아주버니가 살았는데, 우리집에서 노랫소리가 들려오면 애들한테 그랬대. 느이 작은어머니 또 속상한 일 있으신가 보다라고……"

뱃사람이던 남편이 '인어꼬리가 잡혀가지고(뱃사람들이 유흥가를 나드는 일을 섬 아낙들은 이렇게 표현한다)' 집에 돌아오지 않던 이야기를 할 때는 "마도로스 수첩에는 사랑도 많더라~"하며 옛 노래 한 소절을 부른다. 아프고 어려운 기억에도 노래와 웃음을 섞는 할머니. 오랜만에 얘기할 수 있는 사람이 오니, 방과 방의 높낮이가 다르고 마루와 부엌의 천장이 다른 작은 집 안에서 꼭 그 모양대로 '꿰맨 삶' 같은 할머니의 이야기가, 시보다 더 시 같은 생애가, 가만가만 이어진다.

그림수필집《생각하는 섬》에 수록된 시들

그날 밤에 눈 왔어.
바작눈 왔어.
눈이 오면 잘 산다는데,
근데 나는 왜 이래?

김숙희 할머니의 〈시집간 날 바작눈 왔어〉란 시다. 김해자 시인이 2012년에 후배들('퍼포먼스 반지하'를 운영하는 그들은 소무의도의 벗겨진 집 담장에 칠을 하고 벽화를 그리고 어르신들의 시를 새기기도 했다)과 함께 펴낸 그림수필집《생각하는 섬》에 실려 있다. 책에는 고향수퍼 정춘자 할머니의 글도 있다.

하도 배고프고 사는 게 기막혀서 옛다 죽어버리겠다고 했는데, 복아지(복어) 먹어도 안 죽더라고. 가을에 말린 거는 독이 많다고 그랬거든. 그거를 굽지도 않고 생거를 먹었는데 안 죽어. 달밤이었는데, 우리 아저씨는 술 잡숫고 자고 나는 뒤란에 혼자 가서 복아지 생거를 뜯어 먹었는데 안 죽어.

열아홉에 '우리 아저씨'를 만나, 슈퍼를 하기 이전까지 함께 배를 타며 물일을 하며 살아온 정 할머니. 노 젓기부터 그물질, 그물 손질까지 못하는 일이 없는 상일꾼으로 바람 많은 바다에서 죽을 고비도 여러 번 넘겼지만, 바다도 가물고 땅도 가물어서 아이 낳고도 먹을 것이 없던 어느 해에 스스로 목숨을 끊고자 생복어를 뜯어먹었다. 그날의 사연이 〈춘자의 달밤〉이란 제목 아래 고스란하다.

올해 97세로 섬에서 가장 나이가 많은 윤희분 할머니의 글은 잘 알려지지 않은 소무의도의 독특한 풍습과 역사가 생생한 서사시다.

우리집 방 두 개 중 하나는 한청이야. 옛날에 동네 어른들이 잘못한 사람들을 데려다가 말도 시키고 때리기도 하고. 어떻게 해서 잘못하고 그랬냐. 말하자면 경찰 비슷한 거여. 말하면서 술도 먹고, 촌장님이 와 가지고 그렇게 했어. 벌주는 곳이니까 밥은 안 주고 술 좀 먹고 훈계하던 곳이 한청이야. 한청을 하다가 밤새 술을 마시고 너무 늦어지면 동네 사람들이 자고 가기도 했어.

잘못한 주민을 불러 약주 한잔 들면서 타이르고 어르던 섬 어른들의 '한청' 문화가 있었다는 것을, 김 시인은 윤 할머니에게서 처음 들었다. 시인에게 윤 할머니는 그대로 '현대사의 산증인'이다.

농땡이가 최고야. 젊어서 일 많이 하지 마시오. 늙어서 이렇게 아플 줄 알았으면 일 그렇게 안 했어. 젊었을 때는 뼈가 나긋나긋하니까 물불을 안 가렸지. 농땡이가 최고야.

살아온 날의 대부분을 '병구완'으로 보낸 김상월 할머니의 생애 역시 근현대 생활사의 한 풍경이다. 김 할머니는 시아버지 시어머니 두 분 모두 저세상 가시기 전까지 오래 몸져누웠던데다, '시아버지가 젊을 때 바람나서 데려온 쬐끄만 시어머니'의 병석까지 돌보았다. 자신도 늙어 아플 때까지, 그렇게 어른들 병구완하며 밭일 하고 물일 하고 자식들 기르고 민박을 쳤다. 오죽하면 '농땡이가 최고'라고 하는지, 등 굽은 물고기처럼 제멋대로 방향을 가리키는 할머니의 손가락 마디들을 보면 이해케 된다.

지금도 난 바다가 좋아. 바다에서 고생했어도. 여태까지 바다에서 늙었는데 바다가 좋아. 바다에 나오면 마음이 확~~펴. 아무것도 싸움도 없고, 바다가 좋아. 바다는 항상 고마운 거야. 태풍 불면 큰 상선도 가랑잎밖에 안 돼, 바다에서는. 이제는 난 바다에서 버는 거밖에 몰라. 육지는 몰라, 뭐해서 버는지. 배도 하룻밤 자야지. 배가 내 밥그릇이지, 애끼고. 바다두 열심히 일해야 먹고 살지. 노력해야 돼. 바다에서두 노력해야 돼.

스무 살 청년 때 처음 바다로 나간 이래 50년 동안 물일을 하며 살아온 신창근 할아버지의 구술에는 몇 안 되는 소무의도 어부의 마음이 담겨 있다.

시 같은 생애, 지천인 섬

고향수퍼에서 산 과자를 글쓰기 교실 학생들에게 모두 돌리고, 이장님께 인사라도 하고 나가기 위해 고갯마루를 넘었는데, 대문이 열린 채로 집 안엔 기척이 없다. 지나가던 주민이 뱃일 나갔다고 들려준다. 발길을 돌리려다 말고, 김 시인의 시선이 바다 쪽의 한 건물로 향한다. 시인이 섬을 마지막으로 들어왔을 때는 없었던 건물이다.

'섬 이야기 박물관'. 주변 경관과의 조화일랑 아랑곳없이 마을 고갯마루에서 내려다보이던 바다를 다 가리면서 서 있는 기이한 형태의 이 건물 안에는 '역사와 함께 숨쉬는' '세계로 향하는 무역의 중심' '생명을 품은 삶의 터전'이라는 각각의 제목으로 서해의 생태계와 과거 현재 미래의 비전, 그리고 '영화와 드라마 촬영지로 유명한 무의도', 사전적 용어로 정리된 '어부의 삶'까지가 층별로 구성되어 있었다. 서해바다에 사는 물고기, 기암괴석과 해초들을 흉내 낸 가공의 조형물들까지 설치돼 있었지만, 어디에도 이 섬에서 살았고 지금도 살아 있는 민초들의 기억 속에 생생한 '진짜 섬 이야기'는 없었다.

허전한 표정으로 박물관을 돌아 나오면서 시인이 말한다.

"문맹이기 때문에, 더 몸으로 기억해요. 글을 못 읽으니 자꾸 자꾸 되새김을 해서, 머릿속에 잘 정돈된 서랍이 층층이 있는 거 같아요. 어느 서랍을 열어도 기억이 또렷하지요. 이분들이야 말로 걸어다니는 박물관인데…… 그 기억들이 사라지고 있어요."

섬주민들의 기억 속 서랍들을 열어서 기록하고 보존해야 한

다는 뜻인 줄 알았더니 이어지는 말이 이와 같다.

"이렇게 텅 빈 게 크고 요란하게 들어섰다는 소식에, 한동안 섬에 오고 싶지 않았어요. 무서운 게 뭐냐면요, 이러면 이런 것은 중요해보이고 (섬주민들한테) 자기네 삶 같은 것은 아무것도 아닌 것처럼 여겨지는 거예요……"

그 말을 끝으로 시인은 말이 없는데, 그 침묵의 간극 속으로 그녀가 쓴 시 〈시 안 쓰는 시인들〉의 한 구절이 조용히 떠오른다.

이 땅에 시 안 쓰는 시인 참 많습니다 명녀 아지 은심이 숙희 승분이 경애 춘자 상월이 이쁜이, 시보다 더 시 같은 생애 지천입니다

글이 쓰인 해

문갑도 2005년 1월 | 연도 2004년 7월 | 백야도 2004년 11월 |
모도 2005년 2월 | 효자도 2005년 4월 | 남해도 2000년 12월 |
웅도 2004년 5월 | 형도 2004년 10월 | 청산도 2004년 9월 |
선재도 2004년 8월 | 이작도 2005년 3월 | 풍도 2008년 7월 |
거문도 2004년 12월 | 호도 2004년 6월 | 만재도 2008년 11월 |
볼음도 2008년 5월 | 우도 2016년 8월 | 굴업도 2016년 9월 |
소무의도 2016년 8월

섬 멀어서, 그리운 것들 오롯하여라

초판 1쇄 발행 2016년 12월 20일 초판 2쇄 발행 2021년 6월 30일
지은이 박미경 사진 이한구 외

발행인 박지홍 발행처 봄날의책 등록 제311-2012-000076호 (2012년 12월 26일)
서울 종로구 창덕궁4길 4-1 401호 (원서동 4층)
전화 070-4090-2193, E-mail springdaysbook@gmail.com

기획·편집 박지홍 디자인 공미경 인쇄·제책 한영문화사

ISBN 979-11-86372-08-1 03810
글 ⓒ 박미경, 사진 ⓒ 김영준 안홍범 이진우 이한구

이 도서의 국립중앙도서관 출판시도서목록(CIP)은 서지정보유통지원시스템
홈페이지(http://seoji.nl.go.kr)와 국가자료공동목록시스템(http://www.nl.go.kr/kolisnet)에서
이용하실 수 있습니다.(CIP제어번호: CIP2016030006)